おおかみこどもの雨と雪

細田 守

角川スニーカー文庫

17518

キャラクター原案：貞本　義行
口絵・本文イラスト：烏羽　雨

「好きになった人が、おおかみおとこだった」

1

花《はな》は、彼と出会ってすぐに恋《こい》におちた。
そのとき花は19歳で、それ以前のあこがれに似た淡《あわ》い恋心のいくつかを除けば、はじめての恋だった。恋におちてみて花は、恋することの不思議を知った。不思議とは、たとえどんなことが起こったとしてもすべて受け入れる、心の持ちようのことなのではないか。

彼と出会う前、こんな夢を見た。
柔《やわ》らかな光にあふれた草原だった。
咲《さ》き乱《みだ》れる野花に埋《う》もれて、花は横たわっていた。
幸せなまどろみから目覚め、胸いっぱいに息を吸うと、目を開いた。
草の匂《にお》いと、あたたかな日差しが心地《ここち》よかった。
ゆるやかな風が、前髪《まえがみ》を揺《ゆ》らした。

そのとき、

「――?」

何かが近づいてくる気配がした。ゆっくり身を起こし、気配のする方を見た。

遠くの丘《おか》の向こうを、こちらに向かって歩いてくる者がある。

四つ足で草をかき分け進む、耳の尖《とが》ったシルエット。

――おおかみ。

花は、それがすぐに、おおかみだとわかった。なぜかはわからない。でも、間違《まちが》いなく、おおかみだと思った。

風に吹《ふ》かれて、おおかみが歩いてくる。

わき目もふらずに。ひたすら一直線に。きれいに整ったリズムで。

怖《こわ》くはなかった。

きっとあのおおかみは、どこか遠い場所からやって来たのだ、と感じた。おそらく、自分に何らかの用事があって、ずっと長い旅をしてきたのだろう。

だから、じっと待った。

すると、おおかみは歩きながら、自らの姿を変化させた。

それは確かに変化、と呼ぶべきものだった。

おおかみの周りの空気がゆらめくと、次の瞬間《しゅんかん》には、背の高い男の姿になった。

花は、はっとした。

——おおかみおとこ。

そんな言葉が浮《う》かんだ。

背の高い男は、まっすぐこちらに歩いてくる。

花は、息をのんでじっと待った。

胸が、高鳴った。


夢はそこで終わった。

花は、夢の続きをまぶたの中に追った。だがどうしても、それ以降の風景を見ることはできなかった。あのおおかみは、私に何を伝えたかったのだろう。胸の中に、背の高い男のぼやけた像だけが残っていた。


花は、東京のはずれにある国立大学の二年生だった。

おとぎ話に出てくるような赤い三角屋根の古い駅舎を出ると、数百本ものサクラやイチョウがつらなる大きな通りがある。この並木道を五分ほど歩けば、こぢんまりとしたキャンパスに着く。時計台のある図書館棟《とう》を中心に、講堂や講義棟などが豊かな緑の中に並ぶ、古めかしい大学だった。

初夏の大教室に、古代思想史の講義をする教師の声が淡々《たんたん》と響《ひび》いている。教科書を読み上げては丁寧《ていねい》に註《ちゅう》を付す教師の言葉を、花はノートに几帳面《きちょうめん》な字で書き取っていた。

この大学の学生たちは、決して易しくはない選抜《せんばつ》試験を経て入学してきた者たちで、みな真面目《まじめ》そうで身なりもよかった。裕福《ゆうふく》な家に育ち、充分《じゅうぶん》な教育を受け、卒業後は官途《かんと》に奉《ほう》ずるか、法曹《ほうそう》界へ進むか、でなければ商社等に就職するか、いずれにしろ未来を約束されているような若者たちだった。既《すで》に司法試験などの各種資格取得へ向けて勉強を始めている者もいた。

花は、少なくとも真面目であるという点においては、彼らと共通していた。ただし、まだ将来は漠然《ばくぜん》としていた。いずれは誰《だれ》かの役に立つような人間になりたいと思ってはいるものの、ただ勉強ができる、というだけでは社会にとって何の役にも立たないということに極《きわ》めて自覚的だった。自分がいったい何者で、これからどんな人生を選択《せんたく》すべきなのか、見当もつかなかった。

午後の日差しが窓から差し込み、大教室の長い机に美しく反射していた。

花はノートを取る手を休め、ふと顔を上げると窓のほうを何げなく見た。そして、ある人物の後ろ姿に目が留まった。

「――」

その人物は、この大学に通う裕福な学生たちとはまるで違《ちが》って見えた。かき乱したようなぼさぼさの髪に、日焼けした浅黒い肌《はだ》をしていた。襟《えり》の伸《の》びたTシャツは、ところどころ穴があいていた。引《ひ》き締《し》まった腕《うで》でボールペンを握《にぎ》り、教師の言葉をひたすらノートに書き留めていた。一文字も聞《き》き漏《も》らさないかのような書き方だった。シラバスで指定されていたはずの教科書は持っていないらしかった。

花は、その背中に釘付《くぎづ》けになった。窓から差し込む光が、その人物の肌に照り返しキラキラと輝《かがや》いて見えた。心地よさそうな日なたの光だった。そしてなぜか、その光に見覚えがあるように思えた。

講義が終わり、学生たちが出席票を提出して次々と教室を出て行く。

花は、自分の名前を記入した出席票を教卓《きょうたく》に置き、教室を振《ふ》り返《かえ》ってあの人物を探した。ノートを片手にひとり出て行く長身が見えた。おそらく、あの人は出席票を提出していないのではないか。あとを追って教室を出ると、大股《おおまた》で廊下《ろうか》の角を曲がるTシャツと色あせたジーンズの姿が見えた。小走りで行かないと見失いそうだった。階段を下る背中にようやく追いつくと、花は思わず声をかけていた。

「待ってください」

その人物──彼──は、踊《おど》り場《ば》で足を止めた。痩《や》せた頬《ほお》をゆっくりと向け、目だけでこちらを見た。

「──」

花の胸はドキンと鳴った。

驚《おどろ》くほどきれいな目をしていた。

しかし同時にその目は、他を寄せ付けない距離《きょり》を感じさせた。どことなく神経質な野生動物を思わせた。何か言わないと、すぐに去ってしまいそうだった。

だから、

「──これ」

予備の出席票を見せた。「書いて出さないと出席じゃなくなります。だから……」

すると彼が、その言葉の途中で打ち消すように、

「わかっているかもしれないけど──」

と呟《つぶや》いた。静かに威嚇《いかく》するような声だった。「俺、ここの学生じゃない」

「え？」

「目障《めざわ》りなら、もう来ない」

彼の澄《す》んだ目が別の方向を向くと、靴音《くつおと》を残して階段を下りていった。

残された花は、しばらく呆然《ぼうぜん》と立ち尽《つ》くした。見当違いな気遣《きづか》いをしでかしたような気持ちになった。たとえば、希少な動物を不用意に撫《な》でようとして、牙《きば》を向けられてしまったときのような。

きびすを返そうとしたが、もやもやとした気持ちが花を押し止《とど》めていた。このままずっともやもやした気持ちを抱《かか》え続けるのだろうか、と思った。

花は一階へ下りると、柱の陰《かげ》からそっと外を窺《うかが》った。半円形のアーチ越《ご》しに、ちょうど講義棟を出る彼の姿があった。午後の大学構内の庭園に、小さな子供たちの遊ぶにぎやかな声が響いている。オープンスペースとして公園代わりに庭園を利用する老人や親子連れは多い。集《つど》う母親たちからちょっと離《はな》れたところで、子供たちが走り回っている。

と、ふいに子供のうちのひとりが転び、くぐもったような弱々しい泣き声を上げた。だが母親たちはおしゃべりに夢中で気にも留めない様子だった。彼は泣き声に気付き、行きかけた足を止めて戻《もど》ると、転んだ子を抱《だ》き起《お》こした。だいじょうぶ、とも、危ないよ、とも言わなかった。そのかわりその子の頭の上にそっとさわるように手を置いた。するとその子は不思議なほどすぐに泣き止《や》んだ。まるで痛みや悲しみが瞬時に溶《と》けて消え去ったみたいだった。彼は立ち上がると、何事もなかったかのようにその場を離れた。その子はただ口を開けて彼を見送った。

花は、この些細《ささい》な出来事を柱の陰から目撃《もくげき》し、なぜかとても嬉《うれ》しいような気持ちになった。まるで自分が転んだ子供で、彼に抱き起こしてもらったように。

だから――、

「あの、待ってください。もういちど」

正門を出たところで、勇気を出して彼を呼び止めた。

「あなたがここの学生かどうか、私は知りません。ただ……」

言いながら、急いでかばんを探《さぐ》り、

「さっきの講義、これがないとちょっと難しいと思います」

と、教科書を両手で掲《かか》げた。

「よかったら――、一緒《いっしょ》に見ませんか？」

精一杯《せいいっぱい》の提案だった。


花は大学を出たあと、夜遅《おそ》くまで駅前のクリーニング店でアルバイトをする。それから深夜営業のスーパーに立ち寄って買い物をして、高架《こうか》沿いに建つ古いアパートに帰る。父の写真の横にある湯呑《ゆの》みの水を換《か》え、狭《せま》い台所で簡単な食事を作り、エプロン姿のまま小さなダイニングテーブルでひとり食べる。風呂《ふろ》に入り、パジャマに着替《きが》えたあとは、眠《ねむ》くなるまで図書館で借りた本を読む。

変わらない花の日常がある。

しかし、今日は違った。

正門の前で彼と約束した。次の講義で待ち合わせる、と。

アルバイト先で伝票を片手に仕上がった衣類を探すとき、いつのまにか彼のことを考えていた。スーパーで特売品の野菜を選ぶときも、彼の姿が浮かんだ。アパートのドアノブに鍵《かぎ》を差したときも、椅子《いす》の背にエプロンを畳《たた》んで掛《か》けたときも、本のページをめくるときでさえ。

すでに花は、恋《こい》におちていた。

その日、洋服選びにいつもより時間がかかった。いままで一度しか袖《そで》を通したことのない、青いワンピースを選んだ。

彼は仕事を終えたあと、午後に来るという。

なのに朝、正門で振り返り、登校する学生たちの中に彼を探した。午前の講義のあいだも気が気ではなかった。にぎわう学生食堂の片隅《かたすみ》で、ひとり彼を思った。

午後の講義の時間になった。だが彼は姿を見せなかった。教師がやってきて短い挨拶《あいさつ》を済ませると、教科書を開いて前回の続きを話し始めた。花はとりあえず教師の声に耳を傾《かたむ》けようとしたがうまく集中できず、つい窓の外を見てしまうのだった。

講義も半ばにさしかかったころ、走り来る彼が窓越しに見えた。出会った日と同じ、襟の伸びたTシャツ姿だった。

胸が高鳴った。

彼は息を殺して教室へ入ると、音を立てないようにして花のとなりに座った。花は胸の音を聞かれてしまうのではないかと恐《おそ》れ、教科書をその場に残すと、長い座席の端《はし》へ移動した。彼は教科書を手に、戸惑《とまど》いながら花を見た。きみは見なくていいのか、と。花は座席の端から目だけで合図を返した。いいの。使って、と。

講義が終わったあと、彼を大学の付属図書館へ誘《さそ》った。

原則として図書館内は教員と学生しか中に入れない。しかし花はどうしても彼に紹介《しょうかい》したかった。ＩＤをセンサーにかざし、確認《かくにん》音とともにゲートが開く。花は彼の手を引いて素早《すばや》くゲートを通った。女性司書がいぶかしげにふたりを見ている。彼女が何かを言い出す前に、足早に通り過ぎた。

最新の移動式書架《しょか》と大量の書物に、彼は興奮して目を輝かせた。それを見て、花も嬉しくなった。

この大学の図書館は都内でも有数の蔵書数を誇《ほこ》っている。特徴《とくちょう》的なのはその6割以上が開架していることだった。そのため、希少な本でも手に取って確かめることができる。

彼は本を探すことに集中し、ある一冊を引き出して素早くページをめくると、そのまま時が止まったように読みふけった。花は邪魔《じゃま》しないようにと、ひとりで周囲の書架をぶらぶら巡《めぐ》った。しばらくして戻ってみると、彼が同じポーズで読書に集中しているのが、なんだか可笑《おか》しかった。花も適当に目に留まった本を引き出すと、彼のそばで読んだ。

大学を出て、夕暮れの空が広がる土手を、ふたりで歩いた。

「何をしているときが楽しい？」

「どんな食べ物が好き？」

「いままで、どんな人を好きになった？」

花は、立て続けに彼に質問した。

彼は、何も答えずに笑うと、花に訊《き》いた。

「――どうして、花っていうの？」

「名前？」

「うん」

「私が生まれた時、庭にコスモスが咲《さ》いていたの。植えたのじゃなくて、自然に咲いたコスモス。それを見て父さんが突然《とつぜん》思いついたんだって。花のように笑顔《えがお》を絶やさない子に育つように、って」

花は、思い出すように遠くを見た。「――つらいときや苦しいときに、とりあえずでも、無理矢理にでも笑っていろって。そしたらたいてい乗り越えられるから、って」

「――」

「だからね、父さんのお葬式《そうしき》の時、ずっと笑っていたの。そしたら親戚《しんせき》の人に『不謹慎《ふきんしん》だ』って、すごく怒《おこ》られてしまって……」

「――」

「でもやっぱり、不謹慎だったかな？」

彼はじっと花を見て微笑《ほほえ》んだ。そして、空を見上げて、

「不謹慎じゃない」

と言った。

花は安心したように大きな笑顔を向けた。それから同じ空を見て、

「よかった」

と、呟いた。

父の話を、誰《だれ》かにするのは初めてだった。

受験の年、父に病気が見つかった。

ひとり娘《むすめ》の彼女は父に付《つ》き添《そ》いながら、ベッドの横で受験勉強をした。がんばって勉強し合格すれば、病気も良くなるにちがいないと彼女は思った。そんな娘を父は病床《びょうしょう》から励《はげ》ました。

彼女の合格の知らせを待たずに、父は息を引き取った。

父子家庭だった彼女は、ひとりぼっちになった。

親戚たちは同情して援助《えんじょ》を申し入れた。叔父夫婦《おじふうふ》は部屋が空いているから一緒に住めばいいと提案してくれたし、また別の叔母《おば》夫妻は学費を負担してもよいと申し出てくれた。

しかし彼女はそれをひとつひとつ丁寧《ていねい》に断った。

入院費を支払《しはら》ってしまうと、貯金は入学金と前期の授業料分しか残ってはいなかった。しかし幸いにも、奨学金《しょうがくきん》の予約資格を得ることができたので、アルバイトを掛け持ちすればなんとか生活できるのではないかと考えた。

家財を整理し、父と過ごした借家を引き払うと、高架沿いの小さなアパートに引っ越した。

古い桐《きり》のタンスと、姿見を運び入れた。

父が使っていた本棚《ほんだな》の上に、子供の頃《ころ》に庭先で撮《と》った親子ふたりの写真を置いた。

葬儀《そうぎ》で着た喪服《もふく》で、入学式に出席した。

あっという間に一年が過ぎた。

そして彼と出会った。

彼はそんな彼女を、野に咲く小さな花のように大切に扱《あつか》ってくれた。

いつも帰り道を送ってくれた。待ち合わせ場所は、駅前の古い喫茶店《きっさてん》の前だった。アルバイトを終えてそこへ向かうと、たいがいは彼が先にいて、文庫本を読みながら待っていてくれるのだった。

夜の町を並んで歩いて、いろんな話をした。

彼は引っ越し専門の運送会社に勤めていた。大きなトラックを運転しているのだと言った。仕事で訪《おとず》れたひとつひとつの家と、そこに住む人々の様子を、いとおしそうに話した。

「同じ団地でも、家の中はまるで違《ちが》うんだ。お金のあるうち。ないうち。家族のたくさんいるうち。ひとりのうち。赤《あか》ん坊《ぼう》のいるうち。年寄りだけのうち」

高台の公園から、街を見渡《みわた》した。

家々の明かりが、地平線の向こうまでいっぱいに広がっていた。

そのまんなかを、ぎっしり人を乗せた下り電車が通過していく。

あの電車に乗ったひとたちはそれぞれ、どの明かりの家へ戻《もど》るのだろう。

彼は、それをじっと見つめて言った。

「家があったら、いいだろうな。ただいまって言う。靴《くつ》を脱《ぬ》いで、顔と手を洗って、椅子に深く腰掛《こしか》ける。――いいだろうな。本棚を作る。本でいっぱいになったらまた新しい本棚を作る。なにをしたっていい。自分の家だもの」

お金を少しずつ貯《た》めて、小さくてもいいから、いつか家を持ちたい、と憧《あこが》れのように言った。

花の内側を、じんわりとあたたかいものが満たしていくのがわかった。

「じゃあ、私がおかえりって、言ってあげるよ」

と街の明かりを見てつぶやいた。

彼は、そのなにげない言葉にハッとしたように花を見た。

そしてゆっくりと、顔を背《そむ》けた。

帰り道、彼は一言も話さなかった。彼のサンダルが落ち葉を踏《ふ》みしめる音だけが響《ひび》いていた。花のアパート近くの、小さな川に架《か》かる橋にさしかかったところで、ふいに彼が口を開いた。

「花」

「なに？」

「実は」

「――」

「君に、言わなきゃいけないことがあって……」

「――何でも言って」

「――」

「実は」

と言ったまま、彼は押し黙《だま》った。

なにかとても大事なことを彼は伝えようとしているのが、花にはわかった。

その〝なにか〟が何なのか、想像もつかなかった。だが、たとえどんなことを言われても受け止める準備をしようと思った。

薄《うす》い川底に、水草がゆるやかに揺《ゆ》れていた。

車が何台か行き過ぎたほかは、誰も橋を渡らなかった。

やっと彼が口を開いた。

「またこんど」

「うん」

「おやすみ」

「おやすみ」

彼の後ろ姿を、花はずっと見送っていた。

それから幾度《いくど》も待ち合わせをして帰り道をふたりで歩いたが、彼がそのときの〝なにか〟を言い出すことはなかったし、花も自分から訊くことはしなかった。

そうして冬になった。

花は、ダッフルコートの上にマフラーを首に巻いて、クリーニング店をあとにした。大学通りの街路樹を、イルミネーションの光がきらびやかに彩《いろど》る。いつもの古い喫茶店の前に、約束の時間ぴったりに着いた。

彼の姿はなかった。

珍《めずら》しいことだった。

手を息で温めつつ、人波の中に彼の姿を探した。まるでお祭りのように多くの人が行き交った。読みかけの本を読み進めながら、ときおり街灯の向こうの時計を見た。待ち合わせの時間をだいぶ過ぎていた。

　彼は来ない。

　文庫本を読み終えてしまうと、ほかに何もすることがなかった。しかたなく、続々と駅へ向かう人々の背中を、ただ眺《なが》めた。誘導《ゆうどう》する道路工事の作業員が、時おり気にしているようにこちらを見た。

　彼は来ない。

　人通りが少なくなると、よけいに寒さが増したようだった。靴底から伝わる冷たさに、足踏《あしぶ》みして耐《た》えた。とつぜん喫茶店の明かりが半分になったので、びっくりして振《ふ》り返《かえ》った。もうそんなに時間が経《た》ったのだろうか。片付けを始めた店員が、不審《ふしん》そうに見ている。花は済まなそうに脇《わき》へずれる。

　彼は来ない。

　十二時を回り、大学通りのイルミネーションが消えると、駅前はいっぺんに淋《さび》しくなった。喫茶店のシャッターの前にひざを抱《かか》えて座った。寒さで身が縮こまった。酔《よ》った男が声をかけてきたが返事をしなかった。遠くでサイレンの音がして、やがて消えた。マフラーに顔を埋《うず》めたまま、目を閉じた。

それから、どれほどの時間が経っただろうか。

声がした。

「花」

「――」

「ごめん。花」

彼が見下ろしている。

「――悪かった」

花は、ゆっくりと見上げた。

寒さでほおがしもやけになっていた。

それでも、いっぱいの笑顔で応《こた》えた。

街を見渡せる丘《おか》。

夜空に、無数の星が瞬《またた》いている。

「いままで、誰にも言ったことがなかったんだ。――怖《こわ》かった。君が去ってしまうかもしれないから。でも……」

彼のコートの襟《えり》についたファーが穏《おだ》やかに風に揺れている。

「もっと早く言うべきだった。——いや、見せるべきだった」

「見せる？」

花は白い息で訊《き》き返した。

「少しのあいだ、目を閉じて」

「——」

言われるままに目をつむったものの、彼の意図を図りかねていた。

少しして、薄目を開けようとすると、

「もっと長く」

と声がする。

花は覚悟《かくご》を決めて、目を閉じた。

長い時間が経った。

こわいほどの静寂《せいじゃく》だった。

「もういい？」

花は訊いた。

だが返事はない。

風がゆるやかに髪《かみ》を揺らした。

花は、ゆっくり目を開いた。

そして、目の前の光景に、息が止まった。

「――！」

彼は、確かにそこにいた。目を伏《ふ》せて。左手を見つめたまま。

だが――。

その左手が、人間の手から、またたくまにケモノのそれに入《い》れ替《か》わっていく。風が激しく渦《うず》を巻く。あおられて乱れた彼の髪が、いつのまにかケモノのとがった耳へと形を変える。

首が、そして顔があっというまに体毛で覆《おお》われたかと思うと、口の端《はし》が裂《さ》けたように大きく広がっていく。

長く伸《の》びた鼻先が、ゆっくりとこちらを向く。

閉じられた目が、ふいに開く。

その瞳《ひとみ》。

野獣《やじゅう》そのものの色。

見つめられて、花は身動きひとつできなかった。

声ひとつ、発することができなかった。

とつぜん、風が止《や》んだ。
彼——野獣はため息をつくようにうつむくと、
「花。俺が、何に見える」
と静かに言った。
吐《は》く息が、闇《やみ》に溶《と》けた。
瞳が、憂《うれ》いを湛《たた》えた深い色に変わっていた。
きれいな色の瞳。
まちがいなく、彼だった。

冬の空に、おそろしいほどの数の星が瞬いている。
その日は新月だった。
満月の夜に変身したり人を襲《おそ》ったりするのは、ただの伝説だと知った。
世界は、私の知らない事柄《ことがら》で満ちている——そう、花は思った。
青い夜を、花のアパートの電気ストーブが赤く照らしている。
「驚《おどろ》いた？」

と彼の声がする。

花は、答えない。うつむいたまま、ただ小さく頷《うなず》いた。

「もう会わない？」

花は、やはり答えず、小さく首を振った。

「でも、震《ふる》えてる」

花は、答えない。

野獣の手がゆっくりと伸び、そっと花の白い肩《かた》に触《ふ》れた。鋭《するど》い爪《つめ》がやわらかい肌《はだ》を傷付けないように、細心の注意を払《はら》っているような触れ方だった。

花は、

「――怖くない」

とつぶやくと、彼を見上げた。

「あなただから」

彼はゆっくりと花を引き寄せ、その唇《くちびる》にやさしく触れた。

花が、初めて迎《むか》える夜だった。

彼は、明治期に絶滅《ぜつめつ》したとされる、ニホンオオカミの末裔《まつえい》だった。

オオカミとヒトとが混ざり合い、その血を受《う》け継《つ》ぐ最後の存在だった。

彼の両親は、まだ幼い彼に滅亡《めつぼう》した一族の歴史を語り、その事実を他言してはならないと告げて亡《な》くなった。

その後、何も知らない親戚《しんせき》に預けられ、苦労して大人になった。

運転免許《うんてんめんきょ》を取得すると、仕事を求めて都会に出てきた。

誰《だれ》にも知られず、誰にも顧《かえり》みられず、こっそりと隠《かく》れるように今まで生きてきたのだ、と彼は言った。

朝になった。

花は、ベッドから裸身《らしん》を起こすと、半醒半睡《はんせいはんすい》のまま、傍《かたわ》らを見た。

眠《ねむ》る彼は、人間の姿をしていた。

しなやかな筋肉を覆う肌が、大理石の彫刻《ちょうこく》のようだと思った。

昨夜聞いた「絶滅」という言葉が、花には地下鉄の大理石の柱に埋もれる、太古の貝の化石を連想させた。

彼の寝顔《ねがお》を、じっと見つめた。

昨夜のことは幻《まぼろし》ではない。

確かに、彼は野獣へと姿を変えた。

そして自分は、彼を受け入れた。

花はひとり、これから起こりうる出来事を想像し、それから密《ひそ》かに覚悟を決めた。


実際、彼の秘密を知る者は、世界中に花ひとりだった。

彼の秘密は、とりもなおさず花の秘密でもあった。

大学の同級生たちは、外国製のジャケットを着ている社会人や、イベントやライブに誘《さそ》い出《だ》してくれるような他大学の学生とつきあっていた。

「それで、花ちゃんは、どんなひととつきあっているの?」

と、彼女たちの一人が訊いた。どのくらい年上なのか。背は高いのか。痩《や》せているのか。学歴は充分《じゅうぶん》か。親の職業は何か。記念日にプレゼントをちゃんとくれるのか。

たてつづけに質問されて答えに困った。彼女たちには、とても彼のことは紹介《しょうかい》できないと思った。

ただ、誠実な人とつきあっている、とだけ言った。

近所にある深夜営業のスーパーが、新しい待ち合わせ場所になった。花は、彼といっしょに買い物をして、アパートに帰るようになった。

よく鶏肉《とりにく》を使った料理を作った。

胸肉（あるいはモモ肉）を一口大に切りわけ、ピーマンと一緒《いっしょ》に串《くし》に刺《さ》す（ほんとうの具はネギやタマネギなのだが、彼が苦手だと言ったため）。塩を少々振《ふ》って網《あみ》で焼いているあいだに、醤油《しょうゆ》やら酒やらぽん酢《ず》やらすり下ろしたタマネギやら（少量のタマネギなら平気だと彼は言った）を混ぜ合わせて、15センチほどの高さの細長いコップに入れる。焼きあがった串を皿に盛り、タレに串ごと浸《ひた》して食べる。これが花の家の伝統的なやきとりの食べ方だった。

花が最初に、コップの中のタレにとぷんと漬《つ》けてみせた。引き上げると、タレがとろりとうまそうに滴《したた》る。彼はいままでやきとりをそんなふうに食べたことはなかったので、戸惑《とまど》っていた。見よう見まねでタレにとぷんと浸し、これでいいの？　と花を見た。

はぐっ、と、ふたりでいっしょに口に運んだ。

しゃくしゃくしゃく……。

おいしい！

彼は感心するように、しげしげと串を見た。それから続けざまに口に運んだ。

このやきとり料理がやがて彼の好物になったので、花はたびたび作ることになった。特売の日に大きな鶏肉の塊《かたまり》を買って、冷凍《れいとう》保存しておいた。

花が食事の用意をしているあいだ、彼は、帰り道に見つけた路傍《ろぼう》のタンポポを牛乳瓶《びん》に生けて窓辺に置いた。

満足げに眺《なが》める彼を、花は微笑《ほほえ》ましく見た。

彼は仕事が終わると彼女のアパートへやってきて、夜を過ごし、朝はそこから直接仕事に出かけた。

いつの間にか、それが普通《ふつう》になっていた。

何ヶ月かの後、花の勧《すす》めで、彼は住んでいたアパートを引き払った。文庫本の入った紙《かみ》袋《ぶくろ》を二つ、花のアパートの隅《すみ》に置いた。引っ越《こ》しはそれで終わりだった。

彼は本のあいだから古い写真を取り出して、花に見せた。急峻《きゅうしゅん》な稜線《りょうせん》を持つ雪山が写っていた。自分のふるさとなのだと言った。

花は、本棚《ほんだな》の父の写真と並べるように、その写真を置いた。


よく晴れた初夏の日の午前だった。

牛乳瓶に生けたツユクサとゲンノショウコが風に揺《ゆ》れていた。アイロンをかけた彼の大きなシャツをゆったりと畳《たた》んでいるとき、突然《とつぜん》、ぐっと吐き気《け》が襲ってきた。苦しさのあまり、傍らのベッドにもたれて、せっかく畳んだ洗濯物《せんたくもの》が床《ゆか》に落ちた。

花は、異変に気付いた。

予感はあった。実のところ、このひと月ほど妙《みよう》に体がだるかったり、食欲がなかったりした。

しかし今日はっきりと、自らの体の中で起こっていることを自覚できた。

近所の産婦人科医院を覗《のぞ》くと、待合室は妊婦《にんぷ》で溢《あふ》れていた。窓越しに中の様子を何度も窺《うかが》うが、どうしても中に入れなかった。あの妊婦たちと自分とは、事情が違《ちが》うと思えた。ではどこに相談に行けばいいのか。医院の入り口の前で、寄る辺ない気持ちになった。

花はきびすを返すと、その足で大学の図書館へ向かった。

人のまばらな閲覧《えつらん》室で、何冊かの妊娠《にんしん》と出産に関する本を積み上げて、内容をノートに取った。この事実を告げたら、彼はどう思うだろう、と想像した。喜んでくれるだろうか。もしかしたら、困った顔をするかもしれない。

迷った末、公衆電話から彼の会社に連絡《れんらく》をした。産婦人科に行ったが受診《じゆしん》はしなかったという事実だけを伝えると、すぐ行く、と言い残して電話は切れた。

件《くだん》の古い喫茶店《きつさてん》の前で、花は待った。何冊かの自然出産と、自宅出産の本を手にしていた。しっかりと自分の意志を彼に伝えよう、と心に決めた。

やってくる彼の姿が見えた。

一大事のように走って来る。

心臓が高鳴った。花は、最初の言葉を準備した。

ところがそれを言う前に、花は彼に抱《だ》き上げられた。彼の持っていた桃《もも》の缶詰《かんづめ》が歩道に落ちて、ごろごろと転がった。すれ違う人々が、何事かと彼を振り返った。

彼は人目もはばからずに花を抱きしめた。

何度も、何度も。

その顔が、たまらなく嬉《うれ》しそうだった。

だから花も嬉しかった。


夏から秋にかけて、花は、重いつわりに苦しんだ。

吐き気は一日中、続いた。とても大学に行ける状態ではなくなり、悩《なや》んだ末に休学届を提出した。アルバイトも辞《や》めざるを得なかった。クリーニング店の女店主は驚き、熱心に花を引き止めた。不満があれば何でも言ってほしい、できることだったら何でもする、とまで言ってくれた。だが事情を話すわけにはいかず、ただ休ませてください、としか言えなかった。入学以来、ずっと世話になっていた店なので、心苦しかった。

生活が変わった。

ベッドから動くことができず、ひたすらつわりに耐《た》える日々だった。ほどなくして食べ物を受け付けなくなり、ただでさえ痩せている花の体重を容赦《ようしゃ》なく奪《うば》った。それでも嘔吐《おうと》が止まらない。

彼は仕事から戻《もど》ると、何も言わずに一晩中背中をさすってくれた。そして一睡もしないで朝には家を出て行く。花にとって、彼がそこにいてくれることが一番の支えだった。

ある日のこと。

彼が帰ってきたので、ベッドから半身を起こして出迎《でむか》えると、なぜか彼のコートが茶褐《ちゃかっ》色《しょく》の鳥の羽根にまみれていた。心配げな花に、彼はいたずらっぽく微笑んでみせると、後ろ手に隠したものを掲《かか》げた。

深い緑色の尾《お》をした美しい鳥はケーンと鳴いた。野生のキジであった。

花はあっけにとられた。おおかみの姿になって狩《か》りをする彼の姿を思い浮《う》かべたが、うまく想像できなかった。

彼は台所に立ち、手際《てぎわ》よくキジを捌《さば》くと、沸《わ》かしたいっぱいのお湯に入れた。出汁《だし》をとっているあいだに、背中を丸めて野菜を切っている。手伝おうか？　と起きだす花に、彼は、そこに座ってて、というばかりだった。

やがて、ふきんで土鍋《どなべ》を持って、コンロからテーブルの鍋敷《なべし》きに移し替《か》える。彼が土鍋のふたを取ると、湯気とともにあたたかい匂《にお》いが立ち上がる。澄《す》んだ出汁がキラキラ光る、キジうどんだった。丁寧《ていねい》にいちょう切りされた、ダイコンとニンジンが浮かんでいた。

しかし花は、複雑な表情でそれを覗き込む。せっかく作ってくれたのにちゃんと食べられるかな？　と、心配になった。ここのところ、食べ物を見るのも、においを嗅《か》ぐのも苦しかったからだ。

花は、うどんを箸《はし》でつまみ上げ、躊躇《ちゅうちょ》しつつもその一本をかじってみた。

口の中にやさしい旨《うま》みがじんわりと広がった。

「——ああ！」

思わず花は声を上げた。

まず最初に、ものを食べられたことが嬉しかった。そして次に、食べ物を美味《おい》しいと感じることができたことが嬉しかった。それはほんとうに久しぶりのことだった。

食欲が急激に湧《わ》き起こってきた。今まで食べられなかった分を補うように食べた。

彼は、そんな花を見て、ホッとしたように頬杖《ほおづえ》をついた。

冬になると、つわりは嘘《うそ》のように収まっていた。

彼は今まで以上に働いた。朝、日が昇《のぼ》る前に出かけ、帰りが深夜にまでなることもあった。将来に備えて、貯金を少しでも増やしておこうと思ってのことだった。

花は大きくなったおなかを抱《かか》えて、アパートでひとり出産に備えた。布おむつを縫《ぬ》うついでに、おおかみの形の小さなぬいぐるみを作った。生まれてくるこどもに逢《あ》えるようにと願ってのことだった。

父親がおおかみおとこだから、おおかみのこどもが生まれてくるかもしれない、と花はあらためて思う。

しかしそうだとしても全くかまわない、と思った。

ただ、早く逢いたい。

夕焼けの空を見て、訳もなく涙《なみだ》が出た。


花は、その小さなアパートで、こどもを産んだ。

雪の日だった。

産院の医師にも、助産師にも頼《たの》まず、自分たちだけで。ずっと彼が手を握《にぎ》ってくれていた。花は、おおかみのこどもを想像していたが、少なくとも生まれたときは人間の赤《あか》ん坊《ぼう》の姿をしていた。

コンロにかけたやかんが、しゅんしゅん鳴っていた。

生まれたての赤ん坊を、ふたりでずっと見ていた。赤ん坊は女の子だった。小さな手に指を添《そ》えると、頼《たよ》りなく握り返してくる。

無事に生まれてくれてよかった、と彼女は言った。

いや、これからまだまだいろんなことがあるよ、と彼は言った。

優《やさ》しい子になるかな、と彼女が言った。

頭の良い子になるかもしれない、と彼が言った。

どんな大人になるんだろう、と彼女が言った。

看護師でも、教師でも、パン屋でも、好きな職に就《つ》かせたいな、と彼が言った。

辛《つら》い思いをしないで、元気に育ってほしい、と彼女が言った。

大きくなるまで見守ってやろう、とふたりで約束した。

雪は小降りになっていた。

赤ん坊を、雪《ゆき》と名付けた。

生まれた時、雪が降っていたからだった。

元気な子で、しょっちゅうギャンギャン泣いたが、彼が抱くとすぐに泣き止《や》んだ。

雪を連れて、夕方の土手を散歩した。ベビーカーを押す幾組《いくくみ》もの親子とすれ違った。自分たちは、どこにでもいるありきたりな親子と変わらない、と花は思った。

ありきたりなことに、誰《だれ》にともなく感謝した。


次の年の早春、二人目のこどもが生まれた。

男の子だった。

赤ん坊を、雨《あめ》と名付けた。

生まれたのが、雨の日だったからだった。

その翌日のこと。

突然、彼の姿が見えなくなった。


生まれたての子を抱きながら、外を見た。瓶に差したナズナの向こうに、雨滴《うてき》がガラス戸をつたっている。

彼が、いつまでたっても帰って来ない。

その不安な背中に、1歳と1ヶ月になった雪がつかまり立つ。

タオルで何重にも巻いた赤ん坊をたすきがけの布で胸に抱き、ダッフルコートを着込むと、その上からおんぶ紐《ひも》で雪を背負った。お産直後で足元がふらついたが、それでもかまわず部屋を出た。

アパートのドアを開けると、何かにぶつかった。スーパーの袋《ふくろ》が二つ、ドアの外に置かれてある。

「?」

いぶかしんでしゃがみ、転がり出た缶詰をとりあえず中に入れようとして、何かに気付いた。粉ミルク、米、野菜の奥に、彼の薄《うす》い財布《さいふ》が押し込まれてある。

なにかあったのか?

不安が強くなった。

早春の冷たい小雨に傘《かさ》をさして、街に出た。

車が行き交《か》う大通りの交差点で、四方を見回した。

住宅地の坂道を行く傘の中を、ひとりひとり確かめた。

しかし、彼の姿はない。

それでも花は、街中を歩き回って探した。

住宅地を流れる川に架《か》かる、いつかの小さな橋にさしかかった。川沿いの遊歩道に、市のゴミ収集車がウインカーを点滅《てんめつ》させている。幾組かの傘をさした人々が足を止めて、川の浅い流れを覗《のぞ》き込んでいる。10メートルほどの高さのコンクリート護岸を、雨合羽《あまガッパ》を着た保健所の作業員が下へと降りていく。

花も、誘《さそ》われるように橋の下を見た。

川底に集まった作業員たちの足元に、半分水に浸《つ》かって横たわる動物の死体があった。

痩《や》せて骨の浮かんだ狼《おおかみ》の軀《からだ》が、雨粒《あまつぶ》に打たれていた。

狼。

彼だった。

「！」

ボロぞうきんのように汚《よご》れて濡《ぬ》れた毛に、見覚えのある茶褐色のキジの羽根がまとわりついていた。頭部からはにじんだ血が川面《かわも》に溶《と》けていた。

その日、彼が何を考えていたのか、わからない。赤ん坊のために狩りをする本能が働いたのかもしれない。あるいは、産後すぐの花に滋養《じよう》のあるものを食べさせたかったのかもしれない。

見開かれた狼の目は、何も語らなかった。

作業員は二人掛《が》かりで狼の足をゴム手袋《てぶくろ》で持ち上げ、もう一人が下に構える遺体袋へと無造作に入れた。キジの羽根がバラバラと落ちて、水面に流れた。

遺体袋は、ロープで遊歩道まで引き上げられた。

花は傘を投げ出して走り寄ると、その袋にしがみついた。触《さわ》らないで、と制する作業員が花を引きはがす。どうか引き取らせて、と懇願《こんがん》する花に、にべもない。

もみ合っているうちに、別の作業員が遺体袋をゴミ収集車へと乱暴に放《ほう》り込んだ。遺体袋はプレス板に押しつぶされながら、荷箱の奥に消えた。

「!!!」

花は急激に脱力《だつりょく》すると、その場に立ち尽《つ》くした。

ウインカーの黄色い点滅を残して、ゴミ収集車が去っていく。

よろよろとあとを追うが、追いつく訳もない。

全身から力が抜《ぬ》け、その場にへたり込んだ。

顔を覆《おお》って、泣いた。

その背中に見物していた男女の一組が傘を差し掛けて、なぜ泣いているのかと尋《たず》ねた。

お葬式《そうしき》は、できなかった。

草原に、ゆるやかに風が渡《わた》る。
いつかのワンピースを着た花が、気配に気付いて振《ふ》り返《かえ》った。
彼だった。
いつかのようにノートを持って、微笑《ほほえ》んでいた。
襟《えり》の伸《の》びたいつものTシャツを着ていた。
花は笑顔を見せて、彼に歩み寄ろうとした。
すると彼は、済まなそうな顔をして、背を向けた。
その瞬間《しゅんかん》、花の足がまるで動かなくなった。
花は不安になり、彼の名を呼んだ。
風が強くなり、その声をかき消した。
いつかのファー付きのコートを着た背中が、遠のいていく。
彼の横顔は、半獣《はんじゅう》の姿となった。
動けない花は、なおも彼の名を呼んだ。
彼はおおかみの姿になり、草原の向こうへと去っていく。
まるで、いつか来た道を辿《たど》るように。
花は、強く彼の名を呼んだ。

その声は風に溶けて、どこにも届かなかった。

花は、広い草原に、ただひとりだった。


目が覚めた。

ダッフルコートを着たまま、ちゃぶ台に突《つ》っ伏《ぷ》して眠《ねむ》ってしまっていたらしい。部屋が暗い。もう夕方だった。小雨はまだ降り続いているようだった。布団《ふとん》にくるまって眠るこどもたちを、電気ストーブが赤々と照らしていた。

ちゃぶ台に置かれてある彼の財布を見つけ、手に取った。中を確かめたが、わずかな札と、割引券やレシートがあるばかりだった。カード入れに、運転免許証《うんてんめんきょ》証があるのに気付いて、引き出した。

彼の顔があった。

そして、彼を写した姿がこれっきりしかないことに気がついた。

免許証を、窓辺のナズナを差した瓶《びん》に立てかけた。

写真の中の彼が、微笑んでいる。

もちろん彼は、自分自身が死んでしまうなどとは、思いもよらなかったはずだ。ずっとこどもたちを見守っていたかったに違《ちが》いない。成長を見届けたかっただろう。だがそれはもう叶《かな》わない。
絶対に。
そう思うと、胸が締《し》め付《つ》けられた。
なのに、写真の中の彼は、穏《おだ》やかに笑っている。
——こどもたちを、よろしく頼《たの》むよ。
と、言った気がした。
涙《なみだ》があふれそうになった。
しかし花は、唇《くちびる》を噛《か》んでそれに堪《た》えた。
そして、彼に精一杯《せいいっぱい》の笑顔を見せ、
任せて。ちゃんと育てる。
と、誓《ちか》った。
彼のいない、新しい生活が始まった。
1歳半になった雪が、花を見上げて、
「まんま」
と、ご飯を要求する。花は、

「今作っているよ。待っててね」

と返すが、雪はまだ言葉がわからないから、

「まんま！」

と、大きな手振りで要求を繰《く》り返す。

「もうすぐだから」

「まんま!!」

空腹に我慢《がまん》できずに何度も大声で叫《さけ》ぶ。

興奮して頭の髪《かみ》の毛から、おおかみの耳がぴょこんと出る。

「まんま!!!」

「雪！」

花が大声で諭《さと》すと、目に涙をいっぱいにためて、すねたように身を翻《ひるがえ》す。四つ足でクッションを蹴散《けち》らし、部屋の隅《すみ》で振り返ると、いつの間にか子おおかみの姿になっている。ご丁寧《ていねい》にごみ箱を後ろ足で蹴飛ばして中身をぶちまけると、わざと花から見えない場所に隠《かく》れてしまう。あとはどれだけ呼んでも返事をしない。

なのに、

「もーしょうがないなあ。じゃあ先にビスケットでも食べてて」

花がため息まじりに戸棚《とだな》から菓子《かし》を取り出すと、稲妻《いなずま》のように駆《か》けて来てビスケットを奪《うば》い取《と》り、もう人間のこどもに戻《もど》ってニコニコとかじっている。怒《おこ》ったりぐずったりすると、すぐに毛を逆立て耳を張りつめて、おおかみの姿になる。毎度のことだ。

ときおり、半獣——人間とおおかみの中間——の姿になることもあった。それはまるで、どちらの生き方をすればいいかで迷っているように、花には見えた。

台所で、ゆでた空豆とジャガイモを雪専用の椀《わん》で直接すりつぶす。タッパーに保存した離乳食《りにゅうしょく》を混ぜることもある。指ですくって舐《な》めると、空豆の甘い味がする。

雪はまだスプーンをうまく使えない。それでもわしづかみにして、なんとかマッシュポテトを掬《すく》うのだが、口に持っていくあいだにボロボロと全部落ちてしまう。結局は指でつまんで食べ、さらにテーブルに身を乗り出して拾うので、椀が盛大《せいだい》にひっくり返る。でも気にしないで、もりもり食べる。

テーブルの周りはあっという間にヨーグルトやこぼれたお茶でめちゃくちゃになる。小さいのに、生命力にあふれている。

大喰《おおぐ》らいの雪は、朝から晩まで食べ物を求めて泣きわめく。

小食でひ弱な雨とは大違いだ。

まだ3ヶ月の雨は、頼《たよ》りなげに花のおっぱいを吸うが、すぐにむせて乳首《ちくび》を離《はな》してしまう。吸う、休む、吸うを繰り返すので、とても時間がかかる。でも、乳のついた口元を拭《ぬぐ》ってやると、ふあぁ、とびっくりしたような顔になるのが、花にはたまらなくかわいい。

雪にはそれがわかるのか、雨におっぱいをあげているときに限って、花の服や髪をつかんで肩《かた》によじ登ると、よだれだらけの唇でチューをせがんでくる。

花は、ふたりのこどもを育てるのにすべての時間を使った。

干した布おむつでいっぱいの部屋で、一日中過ごした。

もちろん、働きになどいけなかった。彼の残したわずかな貯金が、生活のすべてを支えていた。

子育てして初めてわかったことのひとつは、たとえ家の中にいても、常にこどもたちから目を離してはいけないということだった。

予想のつかないことを、雪はする。

ある日、食事の支度《したく》をしている花のうしろで、雪がいつのまにかテーブルクロスを引っ張っていたことがあった。ダイニングテーブルの上のジャムを取ろうとしてのことだった。ところがジャムのかわりに米酢《こめず》の瓶が手前に来て、雪の頭に落下しそうになっていた。花は気付き、あっ！　と大声をあげると、落ちそうな瓶をギリギリで受け止めた。なんとか事なきを得たが、花は大いに肝《きも》を冷やした。

それ以来、テーブルクロスは片付けることにした。

また別のある日、洗濯物《せんたくもの》をアイロンがけしている花の後ろで、雪がいつのまにかタンスの引き出しを開けてよじ登っていた。一段登っては上の引き出しを開け、さらによじ登っては上の引き出しを開ける……を繰り返すうちに、上の段になるほど引き出しが前に出て、その重みで傾《かたむ》いていく。花がやっと気付き振り返ったときには、目の前にタンスが覆いかぶさって来たあとだった。あっ!!　と花は大声をあげた。そばには雨がいる。慌《あわ》ててタンスを体で受け止めつつ、瞬時の判断でアイロンも押さえた。タンスを元に戻して事なきを得たが、もしあのまま倒《たお》れていたら、幼い雪を押しつぶしていたかもしれない。もし熱したアイロンを押さえていなかったら、何かの拍子《ひょうし》にひっくり返って幼い雨にやけどを負わせていたかもしれない。

それ以来、花はタンスに鍵《かぎ》をかけ（それは昔、父が使っていた古い骨董《こっとう》ダンスで、すべての引き出しに鍵がかかるようになっていた）、アイロンがけはこどものそばでは決して行わない事にした。

花は、少しでもこどもたちを傷付ける可能性があるものを、日常生活の品から慎重《しんちょう》に取り払《はら》っていった。しかしどれだけ注意深く目配りしても、雪や雨が何をしでかすかわからないと思うと安心できなかった。

特に雪は、狭《せま》い6畳《じょう》間で自由奔放《ほんぽう》に振る舞《ま》った。

おおかみの雪は、与《あた》えたぬいぐるみをバラバラに噛みちぎる事に飽《あ》き足《た》らず、クッションの中身をすべて引き出し、ダイニングテーブルの脚《あし》に噛みつき、扉《とびら》にも歯形を付け、本《ほん》棚《だな》から大切な本を引き出しては部屋いっぱいに噛み散らかした。おかげでどれだけ花が部屋の掃除《そうじ》をしても、雪にかかれば、ものの五分で無惨《むざん》な姿に変わり果てた。悪びれず大あくびする雪を見て、花はただ笑うしかなかった。

こどもたちを風呂《ふろ》に入れ、ようやく寝《ね》かしつけても、花の一日は終わらない。

周囲の人に相談するわけにはいかなかった花は、ひとりで本で勉強をするしかなかった。深夜にデスクライトの明かりの下《もと》、育児本とオオカミの生態に関する本を交互《こうご》に読み比べ、おおかみこどもに最適な育て方を探《さぐ》る。世界のあらゆる書物の中で、おおかみと人間の二つの顔を持つこどもを育てた母親の記録は、当然ながらどこにもない。

育児の失敗は、こどもたちの命にかかわる。

自分がしっかりしなければ。この子たちには自分しかいないのだから。

そう思うと、休んでなどいられなかった。

だが、勉強を始めてしばらくすると、日々の疲《つか》れが押し寄せて、ペンを持ったまま、うつらうつらとしてしまう。ハッと気付き、目の前の本に集中しようとするが、ほどなくまぶたが落ち、気を失うように机に突っ伏して眠ってしまう。それでも、雨の泣き声が聞こえると、瞬時に跳《は》ね起《お》きてしまう。夜泣きの雨を抱《だ》っこして、だいじょうぶ、だいじょうぶ、と背中をさすってあげる。

おとなしい雨は、昼間は手がかからないが、夜になると夜泣きばかりする。抱《だ》いて揺《ゆ》すってやるとそのうち寝るのだが、下ろすとまた泣き出す。その繰り返し。昼夜問わず二時間おきの授乳。おっぱいを吸ってくれるときは機嫌《きげん》がいい。乳首を嫌《いや》がるときは、脱脂綿《だっしめん》に母乳を含《ふく》ませて飲ませる。だがそれも嫌がり、ただ泣き続けるときは、どうしてよいかわからず、一晩中背中をなでつづけるしかない。

ゆえに花は、みるみる憔悴《しょうすい》していった。

洗濯《せんたく》中に立ったまま眠ってしまい、洗濯槽に頭を突っ込みそうになった事すらあった。おかげで、ほんの短いあいだ——例えば雨に授乳している時にでも、目を閉じれば眠る事ができた。そして、たとえば雪が「かあさん」と呼んだら、すぐに目を開けて笑顔《えがお》を見せる事ができた。

困るのは病気のときだ。

雪は生まれた頃《ころ》から極《きわ》めて頑丈《がんじょう》なこどもだった。とはいえ、微熱《びねつ》程度はしょっちゅうあった。そのたびに花は頭を悩《なや》ませた。

医者に診《み》せるべきか否《いな》か。

もしも診せるとすれば、小児科《しょうに》に診せるべきか。獣医《じゅうい》に診せるべきか。

さらにもし診せた場合、医者たちは本当におおかみこどもにとって適切な処置を施《ほどこ》してくれるのだろうか。例えば、人間の子供の病気を獣医が動物用の薬で治療《ちりょう》するだろうか。あるいはその逆は？　そしていちばん心配なことは、このこどもが特別な存在だと気付かれてしまうのではないか、ということ。

心配し、うろたえる花を、かつて彼は静かに諌《いさ》めた。

「大丈夫《だいじょうぶ》。少しくらい調子が悪くても、温かい食べ物と優《やさ》しい君の手があれば、また元気になるよ」

そう言って落ち着かせてくれたことがあった。彼が亡《な》くなってからも、花はその言葉を繰り返し思い出し、心配しすぎないように心がけた。

ただし雨は、雪と違《ちが》ってひ弱なこどもであったので、よく熱を出し、治りも遅《おそ》かった。

時おり、どうしても投薬が必要だと思われるときには、小児用の医学書と動物用の医学書を照らし合わせ、その両方に有効な薬物を見極めると必要最低限の量を慎重に与えた。こどもたちの健康は、花の判断ひとつにかかっていた。

せめて誰《だれ》かに相談できたら、と思わない日はなかった。

だが結局、花がひとりで判断するしかなかった。

病気ならある程度は勉強して備えておける。だが事故はそのようなわけにはいかない。

秋のある夜、こんなことがあった。

ゲフッ、ゲフッ、と咳《せ》き込むような奇妙《きみよう》な音がした。最初、花にはそれが何の音かわからなかった。それが雪の声だと気付くのに、ずいぶん時間がかかってしまった。ダイニングテーブルの下を覗《のぞ》くと、半獣《はんじゆう》の姿の雪が倒れていた。

菓子と一緒《いつしよ》に入っていた乾燥剤《かんそうざい》に、食《く》らいついた歯形が残っていた。どろりとした吐瀉《としや》物が床《ゆか》に点々と散らばっていた。

「雪!!!」

頭の芯《しん》がじんと痺《しび》れた。

雪を抱きかかえると、花は夜の街を走った。

気が動転していた。誰かに助けを請《こ》いたかった。なりふり構わず走った。

気がつくと、小児科と獣医が向かい合わせに建つ交差点に立っていた。

何度、ここに立ったことだろう。

しかしやはり、花はそのどちらのドアも叩《たた》くことはできなかった。迷ったあげく、公衆電話の受話器を取って、両方に電話した。

「こどもが誤って乾燥剤を食べてしまいまして……。２歳児です。ええ。吐《は》きました。血は混じっていないです」

「シリカゲルと書いてあります。あの、危険なものでは……？　え？　食欲ですか？」

電話の向こうの医師に促《うなが》されて雪を見た。

げっぷをしながら雪は訴《うった》えた。

「おなかすいた」

そして再び大きなげっぷをした。その音に雨が、花の背中越《ご》しに覗き込む。

シリカゲルそのものに毒性はなく、特別な変化がなければ多めの水を飲ませて様子を見るように。食欲があればまず大丈夫だろう、と電話口の医師は言った。花はひとまずは安《あん》堵《ど》するも、これからを思いやって大きなため息をついた。

彼が幼い頃どうやって育ったのか、もっといろんなことを聞いておけばよかったと後悔《こうかい》した。

「おさんぽ」

雪は散歩を要求する。

「おさんぽ！」

天気の良い日には特に激しく要求する。

「おさんぽっ!!」

毛を逆立て要求する。興奮して耳が飛び出す。

この姿を人に見られてしまうかもしれないので、夜中などの限られた時間帯にしか外出しない。だが、

「おさんぽっ!!!」

と聞かない。

「もーしょうがないなあ。わかったからもー」

花は根負けし、ただし、と条件をつけた。「おさんぽのときは、おおかみになっちゃダメ」

雪はすぐに耳を引っ込めた。

こどもたちに全身がすっぽり隠《かく》れるフード付きの服を着せると、散歩に出かけた。

公園は見事な紅葉だった。落ち葉を踏《ふ》むと、カサカサと心地《ここち》よい音を立てた。ひんやり

した空気が、清々《すがすが》しく気持ちよかった。

たくさんの母親と子供が散歩しているのを目にした。親たちが集《つど》って、子育てにまつわるあれやこれやを談笑《だんしょう》している。だが花は、その輪の中に入ることはない。遠巻きにそれを眺《なが》めるだけだ。

公園の片隅《かたすみ》に咲《さ》くシュウメイギクの前にしゃがみ、匂《にお》いを嗅《か》がせた。池のそばの、人通りの少ないベンチで休んだ。雪はモミジの落ち葉を拾って太陽に透《す》かせ、自分の手と見比べたりしていた。穏《おだ》やかな時間が流れた。

途中《とちゅう》、ビーグル犬を連れた優しそうな中年の男に、

「こんにちは。かわいいねー」

と、すれちがいざま声をかけられた。

花は素直《すなお》に嬉《うれ》しくて、男に会釈《えしゃく》すると、

「かわいいだって。よかったねー」

と、雪を見た。

カラフルなニットの服を着たビーグルが、雪に興味を持って近寄ると吠《ほ》えたてた。中年の男は「コラ、だめだよ」と苦笑しながらリードを引く。

そのとき。

雪は突然《とつぜん》花の手を振《ふ》りほどくと、落ち葉を蹴散《けち》らして近付き、ビーグルの鼻面《はなづら》へ、

「ガルルルッ！！！」

と威嚇《いかく》した。

フードの下は、おおかみの顔だった。

ビーグルは怯《おび》えたように尻尾《しっぽ》を巻いて男の足に隠れた。中年の男は、ぎょっとして雪と花を見比べた。

「……すみません……！」

花はあわてて雪を抱《かか》えると一目散にその場を逃《のが》れた。

——見られてしまったかもしれない。

こどもたちを隠すように抱いて、周囲を気にしながら早足で家路を急いだ。

ベビーカーを押している夫婦《ふうふ》が、花を不審《ふしん》げに振り返った気がした。

駅前のロータリーでバスを待つ若い母親とその子供が、花を振り返った気がした。

子供を自転車に乗せた主婦が二人、花を見てなにか呟《つぶや》いた気がした。

古いマンションのベランダから、子供を抱いた親が花を見下ろしている気がした。

狭い路地の向こうから、母子が花を見ている気がした。

花は、暗い路地裏を逃《に》げるように走った。

問題は立て続けに起こった。

雨の夜泣きはいよいよ激しく、一晩中泣き止《や》まないこともあった。

ある夜、アパートの隣人《りんじん》の男が乱暴に戸を叩いた。

「何時だと思ってんだ。黙《だま》らせろよ」

その大声に、雨はびっくりして泣くのをやめた。花がドアを開けるやいなや、男が酒臭《くさ》い息で怒鳴《どな》り散らした。ジャージ姿のまま、たまりかねたように。

「毎晩毎晩うるせえんだよバカヤロウ」

「すみません、本当に……」

花は平謝りに謝った。

「しつけぐらい親だったらちゃんとしろ」

男は吐き捨てるように言い残し、力任せにドアを閉めた。

再び火がついたように、雨が泣き出す。

しかたなく雪を揺り起こして、近くの神社に雨をあやしに出かけた。

「よしよし。大丈夫だよ。よしよし」

暗い境内《けいだい》で、雨が泣き止むのを待っているあいだ、雪は眠《ねむ》い目で手持《ても》ち無沙汰《ぶさた》に落ち葉なぞをいじっている。すると、酔《よ》ったサラリーマンたちの笑い声が境内の向こうから聞こえる。花はびくっとして雪を掬《すく》い上《あ》げると、怯えるように早足で神社を出て、ほかの場所を探した。

だがこの都会で、ほかの場所などある訳もない。

また別の夜、近くで鳴りひびく救急車のサイレンの音に反応するように、こどもたちは遠吠えを始めた。花は人差し指を口に当てて、静かにするように懇願《こんがん》した。しかし、いくら頼《たの》んでもこどもたちは遠吠えをやめなかった。

すると翌日、大家がやってきた。

「うちのアパート、ペット禁止って契約《けいやく》書にちゃんと書いてあるわよね」

大家は痩《や》せた腕《うで》を組んで言った。

「ほかの店子《たなこ》さんから犬の鳴き声がするって。規則違反《いはん》じゃないかって」

「――飼ってません」

「嘘《うそ》おっしゃい。野良《のら》犬を二匹抱《ひきだ》いてウロウロしているのを見たって人もちゃんといるんだからね」

「――」

「とにかく、勝手なことをするんだったら、うちとしてはどこか好きなところへ行ってもらうしかないの。いいわね？」

出て行け、引《ひ》っ越《こ》しをしろ、ということだった。だがどこへ引っ越せばいいのか？　花には皆目《かいもく》、見当がつかなかった。

また別の日には、見知らぬスーツ姿の男女が尋《たず》ねてきた。

「児童相談所？」

「ええ。ウチとしてもお子さんたちのことを大変危惧《きぐ》している訳でして」

「どういうことでしょうか」

薄《うす》く開けたドアの隙間《すきま》から、女がファイルを片手に乗り出して来る。

「調べましたら、ご姉弟《きょうだい》とも定期検診《けんしん》や予防接種を一度も受けておられませんよね」

「大丈夫《だいじょうぶ》です。元気ですから」

花は話を打ち切ってドアを閉めようとしたが、女の方は閉めさせまいとする。

「ならばですね、お顔だけちょっと見せてもらえませんか」

「いや、それは」

「ちょっとでいいんです」男が懐柔《かいじゅう》の笑顔《えがお》のまま、無理に部屋の中を覗き見ようとする。

「おっしゃることが本当かどうか、確認《かくにん》するだけですから」

「こ、困ります」

花は懸命《けんめい》にドアノブを引いた。閉めた扉《とびら》の向こうで、女のヒステリックな声がした。

「このままじゃ虐待《ぎゃくたい》やネグレクトを疑われてもしょうがないんですよ！」


それ以来、花はドアを開けるのが怖《こわ》くなった。

郵便受けに来る封書《ふうしょ》を見るのも嫌《いや》になった。

誰《だれ》かが呼《よ》び鈴《りん》を押しても、無視した。

それでも呼び鈴は鳴り続けた。とげとげしく、責めたてるように。

花は、こどもたちの寝顔《ねがお》をぼんやりと見つめて、やり過ごした。

今まで精一杯《せいいっぱい》、がんばってきたつもりだった。

だが、おおかみおとこのこどもを育てるには、人がたくさんいる場所では目立ちすぎる。

都市の中でこのまま過ごせば、すぐに限界が来るだろうと感じていた。


早朝の人のいない公園に、3人で出かけた。

外出するのは久しぶりだった。冬の冷たい空気が肌《はだ》を刺《さ》した。

雨と雪は白い息を吐《は》き、霜《しも》を踏み鳴らし、広大な芝生《しばふ》を縦横無尽《じゅうおうむじん》に走り回る。

フード付きのつなぎ姿のまま、おおかみの姿からこどもの姿へ、そしてまたおおかみの姿へとめまぐるしく変化した。狭いアパートの中で持て余していた不満を発散するように、ふたりのおおかみこども——おおかみ雪とおおかみ雨は追いかけっこを楽しんでいた。のびのびとしたふたりの笑い声がこだました。

花は、身を縮めてベンチに座り、力なくそれを見ていた。

気苦労と生活の疲《つか》れは、ピークに達していた。

「……ねえ」

弱々しい声で、雪と雨を呼んだ。

「なあに、かあさん」

息を切らしてこどもたちがやって来る。

花は、大きく息を吸って、ため息のように吐いた。それから、ひとりごとのように呟いた。

「これから、どうしたい？」

「⁇」

「どう生きたい？」

「？？？？」

「——人間か、おおかみか」

「？？？？？？」

半獣の姿の雪と雨は、きょとんと首を傾《かし》げた。

もちろん、答えが返ってくる訳ではない。

だがふたりのこどもの顔を見ていると、ゆるやかにではあるが元気が戻《もど》って来るのを感じる。疲弊《ひへい》してすり切れた気持ちが徐々《じょじょ》に消えて、替《か》わりに、今までとは違《ちが》う別の力が湧《わ》き出してくる。

花は、やさしい笑顔を向けて言った。

「引っ越そうと思うんだ。どちらでも選べるように」

そして遠くの空を見た。

木々のあいだから、力強い朝日が昇《のぼ》ってくる。

眩《まぶ》しい光が、花たちを照らした。

新しい朝だった。

2

春。

スーパー農道、と呼ばれる立派に舗装《ほそう》された道路から脇道《わきみち》へ入り、杉林《すぎばやし》の暗がりを通り抜《ぬ》けると、見事に折り重ねられた棚田《たなだ》の連なりが視界に飛び込んで来る。山から注ぎ込む雪解け水が、用水路に弾《はじ》けている。

花《はな》はその風景を、役場の白い車の助手席で、見るとはなしに見ている。

東京から遠く離《はな》れた、田舎《いなか》の風景だ。

役場の若い職員・黒田《くろだ》は、道幅《みちはば》が狭《せば》まっても速度を落とすことなく、器用にハンドルを操《あやつ》り、先ほどからずっと喋《しゃべ》り通している。

「町役場で空き家の紹介《しょうかい》始めてから、田舎暮らししたいって人がぼちぼちやってくるんだけど——、続かないんだな。だって見ての通り、何にもないんだもの。小学校も病院も車で30分。中学に上がればバスと電車で片道2時間半。往復5時間だよ。いくら環境《かんきょう》のいいところで子供を育てたいって言ったって——おっと」

とつぜん舗装道が途絶《とだ》え、車が大きくバウンドした。

「——町の方が便利だと思うけどねー」

後部座席の雨《あめ》と雪《ゆき》は、長旅の疲れでぐっすり眠りこけている。林道のでこぼこ道の激しい振動《しんどう》でも、目を覚まさない。

車窓から木々越《ご》しに遠くの雪山が見えた。

花は手帳に挟《はさ》んだ写真と見比べた。

いつか彼が話して聞かせてくれた、ふるさとの山だった。


道の脇に車を停《と》め、革靴《かわぐつ》からゴム長に履《は》き替えた黒田が、眼鏡のブリッジをずり上げながらずかずかと坂道を登っていく。そのあとを花も、眠るこどもたちを抱いて歩み行く。

新緑の広葉樹にうずまるように、その家はあった。

「……大きい……！」

築百年のおんぼろ古民家、と黒田は言う。

だが想像よりずっと立派な建物だった。太い柱に支えられた瓦葺《かわらぶ》きの一枚屋根が、午前の光にどっしりとした陰影《いんえい》を落としている。かつてこの地が林業で栄えたころを偲《しの》ばせる屋敷《やしき》だった。花たち三人はおろか、三世代の大家族でも暮らせそうなほどの大きさだ。

しかしよく見ると、薄汚《うすよご》れたガラス戸は割れて、ガムテープで乱暴に補修されている。土壁《つちかべ》はところどころ崩《くず》れ、下地の竹が露出《ろしゅつ》している（クマゲラが穴を開けるのだと黒田は言う）。人が住まなくなってから何年も放置されていたに違いなかった。母屋《おもや》の向かい側には扉の外れた納屋《なや》があり、山道へ続く斜面《しゃめん》にあるもうひとつの小屋は、雪の重みのせいか、今にも倒《たお》れそうに傾《かたむ》いている。

「そりゃ、家賃ったってタダみたいなもんだけどさ、修繕費《しゅうぜんひ》、バカにならないよー。空き家っていうより、ほとんど廃屋《はいおく》だものこれ。――あ、土足でいいですよ」

そう言われたものの、花は靴《くつ》を脱《ぬ》いだ。土間から玄関《げんかん》に上がると、床《ゆか》がギシギシと音を立てた。

大広間は二〇畳《じょう》はあるだろうか。天井《てんじょう》は巨大《きょだい》な梁《はり》が交差する吹《ふ》き抜けになっている。畳《たたみ》は雨漏《あまも》りでところどころ変色して、かび臭《くさ》い匂《にお》いを放っている。破れた襖《ふすま》や障子が無造作に立てかけられ、戸棚《とだな》や家具のいくつかがそのままに置かれてある。囲炉裏《いろり》部屋にブリキ製の薪《まき》ストーブが据《す》えられているが、どうやら暖房《だんぼう》器具はこれのみのようだ。台所は、たらいや鍋《なべ》が、打ち捨てられたようにほこりをかぶっており、タイルの壁面《へきめん》に通したビニールホースから、沢水《さわみず》が滾々《こんこん》と流れ込んでいる。

「でも一応、電気は来てるし、沢の水も涸《か》れていないし、納屋のものも使っていいってことだから」

黒田は風を通すため、13枚もある縁側《えんがわ》のガラス戸を全《すべ》て開け放った。

雑草が生え放題の前庭が視界に広がる。花は、屋敷林が途絶えた先にある開けた場所に気がついた。

「畑ですかね、あれ」

確かに荒《あ》れた田んぼらしきものが見える。黒田は、縁側からそのまま庭に降りた。

「あ、この土地は自給自足には向かないよ。動物が山から下りてきて畑を荒らすのよ。イノシシとか、サルとか、クマとかね。手間をかけて野菜を作っても、全っ部喰《く》われちまう。この辺が空き家ばっかりなのは、人間の方が追い出されちゃったからなのよ」

「じゃあ、ご近所は」

「ご近所ったって、ずっと下りないと人に会わないよ」

「そうなんですか」

黒田は、ため息まじりにあたりを見回した。

「ほかのところ、見ますか。里の方でもう少しましな――」

するると、

「決めました」

「え？」

「ここに、決めました」

花は、笑顔《えがお》を向けた。

黒田はあっけにとられ、眼鏡の奥の目をぱちくりさせた。

「……なんで？」

こどもたちが目を覚ましたのは、黒田が去ったあとだった。

「うおおおおっ！　ここどこ⁉」

「新しい家」

「うあああああっ！」

雪は叫《さけ》ぶと、縁側から裸足《はだし》のまま草ぼうぼうの庭へ走り出た。

積雪の重みで傾いた小屋をすぐに発見し、「ななめってる！」と嬉《うれ》しそうに真似《まね》して傾いてみせた。

庭先の水汲《みずく》み場をぐるりと廻《めぐ》り、突如《とつじょ》しゃがみ込んで蟻《あり》の行列に「こんにちは」と挨拶《あいさつ》して丁寧《ていねい》にまたいだ。

庭の裏手に潰《つぶ》れた蔵《くら》の跡《あと》を発見し、うおおおおっと興奮して突進《とっしん》すると、ヒョイヒョイ屋根によじ登っては喜びの奇声《きせい》を何度も発している。

雨は、母屋の柱の陰《かげ》からそれを臆病《おくびょう》そうに覗《のぞ》き見《み》る。と、目前の柱をヤモリが横切った。雨はぎゃあああと叫ぶと、慌《あわ》てふためいて縁側を飛び降り、スキップで戻ってきた雪に助けを求めるようにしがみついた。

花は縁側にしゃがんでふたりに訊《き》いた。

「どう？　気に入った？」

雪は、たくましい足で立ち上がると、

「気に入った！」

と大声で叫んだ。

雨は、姉の服の裾《すそ》をつまんで、

「もう帰ろうよ」

と弱々しい声を上げた。

ふたりは、5歳と、4歳になっていた。

雪は、明るくて行動的だった。長い黒髪《くろかみ》と美しい顔立ちの娘《むすめ》で、家事をよく手伝い、よく食べ、よく笑った。絵本や紙芝居《かみしばい》をすぐに覚えて、空で言えた。

雨は、おとなしくて内省的だった。頑固《がんこ》で引っ込み思案で泣き虫で甘えん坊《ぼう》で心配性《しょう》だった。不安でしくしく泣き続けるときは、「だいじょうぶだいじょうぶ」と、おまじないのように背中をさすってあげる必要があった。

彼と過ごした東京のアパートを引《ひ》き払《はら》おうと決めてから、適切な場所を選ぶのに数年を要した。

先ほど黒田は、この土地は甘くない、田舎暮らしにただ憧《あこが》れているだけなら長くは続かない、と忠告するように付け加えた。だが花は意に介《かい》さなかった。人目につかずにおおかみおとこのこどもを育てるには、むしろ絶好の場所だと思った。こどもたちが、おおかみと人間、どちらかの道を選べるようにしなければいけないと考えた結果だった。

納屋には、以前の住人が残した品が所狭《ところせま》しと並んでいた。鍬《くわ》や鎌《かま》などの農具類はもとより、足踏《あしぶ》みミシンや、子供を乗せる補助イス付きの自転車まであった。花は、棚にある大工道具の箱を引き出して、その中身を丁寧に確かめた。

まずはこの家を修理して、最低限でも住める状態にしなければならない。

棚田に役場の白い車が停まっている。

「なんでも周りに人が住んでいないところがいいって。まあ変わり者っていうかね」

黒田は、風変わりな移住者のことを、里の老人たちに報告した。

老人のひとり、カラーレンズの老眼鏡を掛《か》けた細川《ほそかわ》が、まるで作家のように尋《たず》ねた。

「旦那《だんな》は？」

「さあ」

老人のひとり、タオルを首に巻いた山岡《やまおか》が腕組《うでぐ》みをして、科学者のように尋ねた。

「収入は？」

「さあ」

細川と山岡は、呆《あき》れたように顔を見合わせた。

「じゃ、子供抱《かか》えてどうやって暮らしていくんだい？」

「さあ……」

黒田は、困ったように首の後ろを掻《か》いて辺りを見回す。黙々《もくもく》と鍬で畦《あぜ》の土寄せをするもうひとりの老人が目に入った。

「あ……韮崎《にらさき》のおじいちゃん。今度はお手柔《てやわ》らかにお願いします」

韮崎と呼ばれた長身痩軀《そうく》の老人は、哲学《てつがく》者のように不機嫌《ふきげん》な顔を向けただけで、何も言わなかった。

翌日、花は夜明けとともに起きると、戸を開けて前庭を見回した。

山の空気がひんやりとして気持ちよかった。陽《ひ》の光が木々を照らし、まるで祝福するようにまぶしく輝《かがや》いていた。朝の静けさの中に、沢水の流れる音が心地《ここち》よく響《ひび》いていた。

花は胸いっぱいに深呼吸をして、

「よし」

と気合いを入れると、早速《さっそく》、家の掃除《そうじ》を開始した。

まずは畳をすべてはがし、外した障子や襖とともに縁側の外へ立てかけた。部屋は数えると九つあり、大広間や仏間、納戸《なんど》、囲炉裏部屋などを合わせると、広さは全部で六〇畳以上もあることがわかった。

古いはたきで家中の天井や柱を勢いよくはたき、すり切れた座敷《ざしき》ほうきでむき出しの床《ゆか》板《いた》を手早く掃《は》いた。堆積《たいせき》した汚《よご》れやほこりがもうもうと舞《ま》い上がる。防塵《ぼうじん》用に顔に巻いていたタオルがまるで効果がないほどで、花は何度もくしゃみをし、その勢いで腐《くさ》った床板が抜《ぬ》けた。

見上げると、ちょうどその上の天井に雨漏りの染《し》みが付いていることに気付いた。脚立《きゃたつ》に登り、腐った天井板を押し上げると、中から大型のムカデがドサドサと落ちて来る。それにもめげず屋根裏に首を突《つ》っ込《こ》むと、暗闇《くらやみ》からいくつもの光の筋が見えた。まず屋根から修繕《しゅうぜん》すべきだった。はしごを掛け、おっかなびっくり屋根に登った。瓦《かわら》をはがし、傷《いた》んだ屋根板に古材を打ち付けて修繕した。ずれた瓦は元《もど》に戻し、割れた瓦は納屋にあった予備の瓦にひとつひとつ交換《こうかん》した。再び屋根裏を覗き、穴が塞《ふさ》がっていることを確認《かくにん》した。

ところが翌日に雨が降ると、修繕したはずの屋根のあちこちで雨漏りがしていた。なので、ありったけの瓶《びん》や皿を床いっぱいに置くはめになった。花はうらめしそうに天井を見上げた。

翌日は晴れたので、再び屋根に登り、以前より念入りに屋根板を修理した。

だがさらに翌日、雨が降るとやはり雨漏りがしていた。雨漏りの箇所《かしょ》は以前よりも減ったものの、どこかにまだ把握《はあく》しきれていない修繕すべき箇所があることを示していた。花はため息をついて天井を見上げ、粘《ねば》り強《づよ》く対処しなければならないと覚悟《かくご》を決めた。それからしばらく、雨漏りとの戦いに相当の時間を費《つい》やした。

屋根の修繕に一定のめどがつくと、花はぞうきんで家の中をくまなく拭《ふ》いた。いくら拭いても終わりが見えないほど家の中は広かったが、それでもめげずに拭き続けた。おかげで床は見違《みちが》えるようにきれいになったが、反対に花の手や顔がどんどん汚れていった。

雨は、縁側を丁寧にぞうきんがけする花を、そばでじっと見ていた。拭くから少しどいて、という言葉を聞き分け、おとなしく手がかからなかった。

対して雪は、

「かあさん見て見て!」

と庭から飛ぶように戻って来て、両手いっぱいに持ったカエルやらミミズやらダンゴムシやらといった獲物《えもの》を、いま拭いたばかりの床に放《ほう》り出した。

あぜんと顔を上げる花に、雪は泥《どろ》だらけの顔で、

「褒《ほ》めて!」

と言わんばかりにニーッと笑った。

花が家の掃除と格闘《かくとう》しているあいだ、こどもたちは庭を隅々《すみずみ》まで冒険《ぼうけん》した。

雪は、花畑に埋《う》もれては神妙《しんみょう》な顔つきでミツバチを観察し、柿《かき》の木《き》によじ登れば名も知らない小鳥に手を伸《の》ばした。雨はいつも雪から離《はな》れた場所で怖々《こわごわ》と様子をうかがい、なにかあれば一目散に逃《に》げた。

明らかに威嚇《いかく》の声を張り上げる野良《のら》の三毛猫《みけねこ》にも、雪は手を出した。

「ネコちゃんおいで。おいで」

なわばりを主張する三毛猫が、でっぷりした体に似合わない鋭《するど》い爪《つめ》で牽制《けんせい》の猫パンチを繰《く》り出《だ》してくる。危《あや》うくひっかかれそうになってもひるまず、子おかみの姿になると、ウォン! と一吠《ほ》えしてみせた。そのありえない変わり身に、三毛猫は金切り声をあげて

慌てふためいた。おおかみ雪は笑いながら三毛猫を休耕田いっぱいに追い回した。それ以来、三毛猫は雪の姿を見ると、にゃーんと尻尾《しっぽ》を巻いて逃げるようになった。

家の掃除は、仕上げの段階に入っていた。

花は、家の隅々を根気よく丁寧に磨《みが》き上げた。磨けば磨くほど、この家本来の姿が浮《う》かび上《あ》がってくるようだった。古い建具の汚れを取り除くと、はめ込まれたガラスに施《ほどこ》してある美しい細工が姿を現した。しばし手を休め、陽の光にきらきら輝く繊細《せんさい》な模様に見惚《みと》れた。古い流しの汚れをタワシでごしごし擦《こす》ると、その奥に豊かな彩《いろど》りのタイルを発見した。埋め込まれたモザイク模様の可憐《かれん》な姿に思わず息をのみ、色彩《しきさい》を確かめるように指でなぞった。打ち捨てられたはずのこの家が、いかにかつての住人に愛されていたかを、花は感じ取った。茶箪笥《ちゃだんす》や曇《くも》りガラスのひび割れに、セロハンテープを貼《は》り丁寧に補修した。張《は》り替《か》えた障子に、桜の模様の継《つ》ぎ当てをあしらった。

柱に子供の背丈《せたけ》を測った傷が残っているのを発見した。花も雪と雨を立たせて背丈を測り、その位置を柱に刻んだ。雪5歳、雨4歳の記録だった。

東京から持ち込んだささやかな家財道具を家の中に配置した。小さな冷蔵庫のプラグをコンセントに挿《さ》し、本棚《ほんだな》とちゃぶ台を大広間に置いた。この山の家に置くと一層小さく、不釣《つ》り合《あ》いに思えた。本棚の上に、春の野花を挿した瓶を置き、そこへ彼の免許証《めんきょしょう》を立てかけた。大広間から縁側《えんがわ》を見渡《みわた》せるこの場所からなら、こどもたちをいつでも確かめることができるだろうと考えてのことだった。

ようやく最低限住めるまでに整えられた。最後に、傷だらけになった自分の指に絆創膏《ばんそうこう》を貼り付けた。

納屋《なや》にあった古い自転車を駆《か》り出して、里まで買い物に出かけた。坂道を心地よいスピードで下ると、雪は大いにはしゃぎ、そして雨はひどく怖《こわ》がった。田植えを終えた棚田には、稲《いね》の苗《なえ》が風に揺《ゆ》れていた。掃除に熱中しているあいだに、ひとつ季節が進んだことを感じた。

里の小さなよろず屋で生活に必要なものを買い、代金を支払《しはら》った。財布《さいふ》の中の千円札が次々と消えた。店の軒先《のきさき》に、野菜の種が何種類も並べて売られている。それをなにげなく見ていると、ふいに背後で客の婦人が店主と小声で話すのが聞こえた。花は、隠《かく》すように雪と雨を自転車に乗せ、そそくさと店をあとにした。

自転車のハンドルに買《か》い物袋《ものぶくろ》をいっぱいに下げて、来た道を戻った。帰り道は上り坂ばかりで、花は汗《あせ》だくになった。家にたどり着く頃《ころ》には、すっかり日は暮れていた。真っ暗な山の中に、ぽつんと花の家の明かりだけが灯《とも》っている。

冷蔵庫に食品を詰《つ》めると、手早く夕食の準備をした。串《くし》に刺《さ》した鶏肉《とりにく》とピーマンを網《あみ》で焼き、その一本を彼にお供えした。

　食事のあと、こどもたちと風呂《ふろ》に入った。掃除したての浴室は、清潔で心地よかった。湯船の中で花は、ふうっとため息をついた。家を整え終えたことにホッとし、また同時に、それらにかかってしまった出費を思った。必要なものを買い物で済ませられるのは、彼の貯金が残っている今のうちだけだった。

「これからはなるべく節約しないと……」

　石けんで泡《あわ》だらけの雪が訊《き》き返した。「せつやく？」

「フフフ……。せめて野菜ぐらい作れるようにならないと、と思ってね」

「雪もつくるっ！」

　体を震《ふる》わせ全身の泡を飛ばし、目をキラキラ輝かせた。


　里の広場には、バスを改造した移動図書館が週に2回やってきた。

「ちょっと待ってて」

　こどもたちにフードをかぶらせ、外で待たせた。

　花は、自家菜園の本を次々と引き出しては、内容を確かめた。いままで農業のことなど何も知らなかったが、節約のために勉強する意気込みだった。以前、花の家が自給自足には適さない場所であると告げられたことは、もちろん忘れてはいない。だが、少し作るくらいならなんとかなるかもしれない。それにちゃんと自分で試《ため》してみなければ何もわからないではないか。

初心者向けのいくつかを念入りに選ぶと、貸し出しカウンターに積み上げた。

「お願いします」

すると、

「これもお願いします」

いつのまに選んだのか、何冊もの絵本を差し出す雪の姿がある。背伸《せの》びしたせいでフードがずり落ちた。

おおかみの耳があらわになっている。

「雪っ!!」

花は、慌《あわ》ててフードで隠した。

「あのー」

本の向こうから、係の女性が顔を出す。「貸し出しは、8冊までです」

どうやら気付かれずに済んだようだ。花は胸を撫《な》でおろした。

不用意におおかみの姿になってはいけないということを、あらためてふたりに教育しなければならない。

家に戻ると、花はスケッチブックにパステルクレヨンで、雪と雨の絵を描《か》いた。

「いい？　雪と雨が、おおかみこどもだっていうのは、わたしたちだけの秘密」

「うん！」

「うん」

花は、ふたりの姿に、おおかみの耳としっぽを描き加えた。

「もしも急におおかみになったら、ほかの人はみんな、とてもびっくりする」

ページをめくって、びっくりしている人々の様子も描いた。

「びっくり！」

「びっくり」

花は、描きながら辛抱強《しんぼうづよ》く言った。

「だから、ほかの人の前でおおかみになっちゃダメ。ね？　約束」

「わかった！」

「わかった」

花はさらにページをめくり、クマとシカとイノシシの絵を描いた。

「それとね、もうひとつ。もしも山で動物に逢《あ》ったら、人間のように偉《えら》そうにしちゃダメ」

「なんで?」

次のページに、おおかみの耳を立てた彼の姿を描いた。

「お父さんはおおかみでもあったの。そんなことをしたら、きっとお父さんが悲しむよ」

「わかった!」

「わかった」

こどもたちは、じっと父親の絵を見つめた。

最後に花は、人間とおおかみ、どちらの生き方も自由に選ぶ権利があることを、こどもたちに示した。

彼がそうであったように。

雨はひとり縁側で、絵本を見ている。

それは雪が移動図書館で借りた絵本で、表紙には大きく口を開けて牙《きば》を剝《む》く、強そうなオオカミの絵が描かれていた。必然的に雨はオオカミに感情移入してページをめくった。

このオオカミはどんな活躍《かつやく》をするのだろう、と。

だが読み進めるうち、雨の期待は裏切られた。絵本の中のオオカミは凶暴《きょうぼう》で、ずる賢《がしこ》かった。善良な村人を平気で傷つけて楽しむような憎《にく》むべき存在だった。最後のページは、オオカミが村人たちに銃《じゅう》を向けられ、追いたてられている絵だった。オオカミはしっぽを巻き、大きな口をゆがめ、もうしませんと涙《なみだ》ながらに訴《うった》えていた。

雨は顔を上げ、自分と絵本の中のオオカミを、心の中で比べた。

そのとき花は、家の横の荒《あ》れた休耕田に立っていた。

借りてきた本から詳細《しょうさい》に取ったメモを見直した。必要な道具を納屋から見つけ、肥料など足りないものはホームセンターで調達した。

生《お》い茂《しげ》る一面の雑草を抜《ぬ》くと、へっぴり腰《ごし》で鍬《くわ》を振《ふ》り下ろし、目につく限りの石を拾っては畦《あぜ》の向こうに捨てた。耕耘《こううん》に数日を要した。

肥料を土に混ぜ込むと、見よう見まねで畝《うね》を作った。そこへ片《かた》っ端《ぱし》から野菜の種を蒔《ま》き、雪や雨と一緒《いっしょ》にじょうろで盛大《せいだい》に水をまいた。これでいいはずだが、と花は心配げに畑を見た。肥料や種の代金は、決して少なくはない負担だった。

数日後、畑から双葉《ふたば》が開いていたのを見つけて、花はほっとした。こどもたちは大はしゃぎしている。初めてなので最初から成功すると思っていたわけではなかったが、これは案外うまくいくかもしれないと期待を持った。その後、本の手順に従い、間引きし、追肥を施した。作物は順調に育った。この調子でいけば夏の前には一定量の収穫《しゅうかく》があるはずだ。ところが雨上がりのある日、畑の様子を見ると、植えた作物はことごとく枯《か》れてしまっていた。

「ああああっっ！」

しんなりとした葉っぱを前に、雪が、なんで？　と訊く。

花は困って本を読み返し、このとおりにしたつもりだったのに、と誰《だれ》にともなく呟《つぶや》いた。

予算不足で肥料が充分《じゅうぶん》ではなかったのが原因かもしれない、と思った。

棚田の雑草取りをする里の老人たちのところへ、声をかける者がいる。

「あのー、すみませーん！」

「え？」

細川や山岡が腰《こし》を上げて、声がする方へ振り向く。

遅《おく》れて韮崎も見ると、畦に咲《さ》くアジサイの向こうに、雑木林を指差している花がいる。

「林の中の落ち葉、貰《もら》っていいですかー!?」

あっけにとられたように細川が訊き返す。

「なんだって⁉」

「落ち葉ですー！」

「そんなもん、貰っていいかなんて訊く奴《やつ》ァいないよー！」

山岡は呆《あき》れたように答えた。

花は、ありがとうございますー、と一礼し、林の中に入っていった。

細川と山岡は顔を見合わせる。

「いつまでもつかね」

「そのうちコンビニがねえ、カラオケ屋がねえって騒《さわ》ぎだすぞ」

「違《ちが》いねえ」

ふたりは苦笑《くしょう》して仕事に戻《もど》った。

「…………」

韮崎は黙《だま》ったまま雑木林を見ていたが、やがて不機嫌《ふきげん》そうに背を向けた。


花は、失敗した作物をすべて引き抜き、かわりにビニール袋《ぶくろ》いっぱいに集めてきた落ち葉を畑にまいて鍬で土に混ぜ込んだ。

そして新たに買ってきたトマトと茄子《なす》の苗《なえ》をポットから出して、ひとつずつ丁寧《ていねい》に植えた。

「こんどこそ」

正直、これ以上の苗の出費は家計を圧迫《あっぱく》してしまう。それに夏が迫《せま》っている。これが失敗すれば夏野菜は諦《あきら》めざるを得ず、次は秋植えの時期を待たなければならない。花は、祈《いの》るような気持ちで土を株元に寄せた。

すると、

「……かあさん」

傍《かたわ》らで鼻をすすり上げるか細い声がして、花は顔を上げた。

「……雨！　どうしたの⁉」

泣きべそをかいた半獣《はんじゅう》の雨が、傷だらけの赤く腫《は》れた顔を向けている。

花は雨を抱《だ》き上げると、急いで家に戻った。

座敷《ざしき》でおやつをほおばる雪が、事もなげに説明した。

「三毛猫《みけねこ》。おおかみのくせに弱っちいから、目ぇつけられてんの」

花は、雨の涙を拭《ぬぐ》うと、鼻先の傷に軟膏《なんこう》を塗《ぬ》ってやった。

「かすり傷よ。なんともない」

「そんなんじゃ生きていけないよ」

「雪」

花はたしなめるように雪を見た。

雨は、花にもたれると甘えた声で要求した。

「だいじょうぶして」

「だいじょうぶ、だいじょうぶ」

花は、優《やさ》しく雨の背中をおまじないのように撫でた。雨は安心したように花の膝《ひざ》に顔を埋《うず》めた。そんな雨の態度を、雪は気に入らないようだった。立ち上がると皮肉まじりに大声で言う。

「雪なんかイノシシにだって負けないもん」

「イノシシ、見たの？」

「見たよ。サルもカモシカも見たよ。でも全然怖《こわ》くないもん。追いかけたら逃《に》げていくのがおもしろいし、それに」

「雪」

「それに、おしっこしたら――」

「思い出して。動物たちの前で偉そうにしないって」

「でも」

「お願い」

雪はあきらかに不満そうな顔をした。なぜ褒《ほ》めてくれないのか、とでも言いたげに。しかしぐっとこらえると、おとなしく座った。

「――はい」

「ありがと」

雨が、再度要求する。

「もっかい、だいじょうぶして」

「……だいじょうぶ、だいじょうぶ」

雨の背を撫でつつ、花はひとりごちた。

「でも確かに――」

こんなんじゃ、生きていけない、かもしれない。

人間としての生き方は、あるいは教えてあげられるかもしれなかったが、おおかみとしての生き方を、どうやったら教えてあげられるのだろう。

「おおかみの子って、どうやって大人になるんだろう?」

彼の写真を見上げた。

花は、雪と雨を連れて、近くの山にピクニックに出かけた。

ひとけのない登山道はすっかり夏の装《よそお》いで、鬱蒼《うっそう》と繁茂《はんも》するクマザサが行く手を阻《はば》んだが、雪は拾った枝でかき分け、ぐんぐん先を進んでいく。

「遅《おそ》いよ。もー」

「待って、雪」

花は、嫌々《いやいや》登ってくる雨を待っていた。

「雨、さあ行こう」

「おんぶ」

「え？　もう？」

まだいくらも登っていない。が、雨は頑《かたくな》だった。「おんぶ！」

上り坂から雪のせかす声がする。「もー早くっ！」

花が笑顔《えがお》を向けると、雨はしぶしぶ歩き出した。

休憩《きゅうけい》の途中《とちゅう》、花は、オオカミの生態に関する児童書を開いて読み聞かせた。

「『オオカミは生後4ヶ月を過ぎた頃《ころ》から狩《か》りを始めます。まずはネズミなどの小動物で狩りを覚え、成長するにつれ大人のオオカミとチームを組み』……」

雪が、雨の手を取って腕《うで》を組んだ。雨は鬱陶《うっとう》しそうにそれを振りほどくと、膝を抱《かか》えて下を向く。

「いやっ」

「ふん。いいもん」

雪は、鼻面《はなづら》を風にかざして匂《にお》いを嗅《か》ぐと、雨を置いて駆《か》け登《のぼ》っていく。

「あんまり遠くへはいかないで」

「うん！」

着ていたワンピースを首に巻き、たすき掛《が》けにした水筒《すいとう》を揺《ゆ》らして、おおかみ雪は森の中に消えた。

残された雨は、

「ねえ、もう帰ろうよ」

と唇《くちびる》を尖《とが》らせた。花は、雨の気を取りなすように葉をちぎって手に取ると、

「ねえ、これ、食べられるかな」

と野草図鑑《ずかん》を繰《く》って見分け方を調べた。

「……」

雨は、不満そうに枝で地面をほじくった。

夏の太陽が木々の葉のあいだからまぶしく降り注ぐ森の中で、おおかみ雪は、狩りの実《じっ》践《せん》を試みた。

旺盛《おうせい》な好奇心《こうきしん》の赴《おもむ》くままに、樹液のしたたる木の種類を覚え、足跡《あしあと》の形の違いに気を配り、ふんの匂いの違いを比べ、目に見えない気配に目を凝《こ》らし耳を澄《す》ました。いったん動くものを見つけると、それをどこまでも追い立てた。クワガタに鼻先を挟《はさ》まれても気にしなかった。ウズラに音を立てず慎重《しんちょう》に忍《しの》び寄《よ》り、野ネズミの巣穴を飽《あ》きることなく掘《ほ》り返し、アオダイショウに威嚇《いかく》されてもひるまず、野ウサギのしっぽを追って林の中を執拗《しつよう》に駆け巡《めぐ》った。それらはすべて家にある昆虫《こんちゅう》図鑑や動物図鑑で既《すで》に見知ったものだったので、実物に出会えたときの嬉《うれ》しさはひとしおだった。捕《つか》まえると、くわえたりにおいを嗅いだり前足で触《ふ》れたりして、よく観察した。6本足の昆虫や足のないヘビを不思議に思った。鳥の翼《つばさ》を開いてみてその羽根の色彩《しきさい》に感動した。ウサギの後ろ足の美しい筋肉の躍《やく》動《どう》に見とれた。ひとつの狩りが成功すると、より困難な課題につぎつぎと挑戦《ちょうせん》していった。

つまり、この雪の狩りは、空腹を満たすものでは全くなかった。狩猟《しゅりょう》本能、などと呼ばれるいかにも紋切《もんき》り型《がた》な暴力衝動《しょうどう》とも違っていた。ただ、初めて触れるものがひたすらに珍《めずら》しく、面白《おもしろ》いだけであった。そうして、やがていつかは森全体をすべて把握《はあく》してやろうという強烈《きょうれつ》な意欲に溢《あふ》れていた。

雨は、うまく土になじめなかった。未知のものには決して近寄ろうとはしなかった。ただ花のうしろをよたよたとついていくのが精一杯《せいいっぱい》だった。

岩だらけの葦原《あしはら》に、一本だけ枯《か》れ木《き》が佇《たたず》んでいる。

その幹に、雨は緊張《きんちょう》と疲労《ひろう》で手をついた。

「あ、ほら雨、見て」

と花が振《ふ》り返《かえ》ったとき、

「おえっ」

雨が、枯れ木の根元に胃液を吐《は》いた。

上空を漂《ただよ》う鷹《たか》が、そんなひ弱なおおかみの子を、いまにも狙《ねら》っているように見えた。

花は、うずくまる雨の傍らにしゃがんで寄り添《そ》うと、

「だいじょうぶ、だいじょうぶ」

と、こわばった背中をさすった。

雨は顔を伏《ふ》せ、縮こまったままだった。嘔吐《おうと》した自分を恥《は》じているように。

雪が、捕《つか》まえた水鳥をかざして意気揚々《いきようよう》とやってくる。

「かあさん見て見て！　川鵜《かわう》だよ！　向こうに沢《さわ》があって――」

「しーっ」

花は人差し指を立てて静かにするように示すと、ふたたび雨の背中をさすった。胃液でぐしょぐしょの雨の頰《ほお》を、大粒《おおつぶ》の涙《なみだ》がつたい流れた。涙の奥に、頑なまなざしがあった。

「かあさん」

「ん？」

「オオカミって、どうしていつも悪者なの？」

「悪者って――、絵本？」

「みんなに嫌《きら》われて、最後には殺される。だったら僕……、おおかみはイヤだ」

花は一瞬《いっしゅん》、絶句した。

「――そうね」

「――」

「でも、おかあさんは、おおかみが好きよ。みんながおおかみを嫌っても、おかあさんだけは、おおかみの味方だから」

「――」

雨は、はっとしたように顔を上げ、花を見た。

帰りは、雨をおぶって山を下りた。

花の背で、雨はいつのまにか寝息《ねいき》を立てていた。こんなに幼い心の内にも存在の葛藤《かっとう》を抱えているのかと思うと、胸が締《し》め付《つ》けられた。家に戻《もど》ってからも、眠《ねむ》る雨を膝の上に乗せて、その髪《かみ》を撫《な》でてやった。夏の日差しはすっかり傾《かたむ》いていた。

畑から雪の呼ぶ声がした。

「かあさん！　かあさん！」

花は様子を見に行った。

「なに？　どうしたの？」

トマトの株の前で、雪が振り返った。

「また枯れてる」

「ええっ⁉」

花は驚《おどろ》いて声を上げると、株の前にしゃがみこんだ。

葉が部分的にしおれ黄変していて、葉の端《はし》が上側に巻いている。下の方ほどしぼんでいるように見える。

「病気……これ全部……まさか……」

植えた株すべてに同じ症状《しょうじょう》が出ている。確実に何らかの病気だった。病名はよく調べてみないとわからない。だが畝《うね》全体が全滅《ぜんめつ》なのは、素人目《しろうとめ》にも確実に思えた。花は、気が遠くなった。実は赤く熟す直前だった。このますこしの収穫《しゅうかく》も得られないで終わってしまうのか。生育には充分《じゅうぶん》に気を配ったつもりだった。なのに今までの苦労は何だったのか。

「かあさん……」

声がして、ハッと振り返った。

「わたしたち、これからどうなるの？」

雪は、直感的に、ただならない事態を察知しているようであった。その言葉が花に重くのしかかった。すぐにはその問いに答えられず、言葉を詰《つ》まらせた。しかし不安を拭《ぬぐ》うように首を振ると、

「……だめねおかあさん。もっと勉強しなきゃ」

と無理やりに笑顔を作った。手を伸《の》ばし、雪の頬に触れた。親指ですべすべした肌《はだ》を撫でていると、不思議と心が落ちついてゆくのが自分でもわかった。

「また、手伝ってくれる？」

顔をこわばらせながらも雪がうなずいてくれたので、救われた気がした。

「……いいよ」

「ありがと」

ふと畑の畦《あぜ》の向こうを見た。道路脇《どうろわき》にサニートラックが停まっている。その天井《てんじょう》に腕をのせ、視線を投げかける人物がある。

里の老人、韮崎だった。

花には見覚えがあった。確か落ち葉を貰《もら》ってもいいかと尋《たず》ねたときの、老人のうちのひとりだった。

雪に家に戻るように指示すると、ひとり韮崎のところへ歩み寄った。

「こんばんは」

「――」

韮崎は答えない。じっとこちらを見たままだった。

花は笑顔を絶やさずに続けた。

「ご挨拶《あいさつ》にうかがおう、うかがおうと思っているうちにバタバタしちゃって――」

「――」

「食べ物を作るのって難しいですね。本で読んだとおりにしても失敗ばっかりで……」

「でもここはいいところですねー。自然がいっぱいで――」

突然《とつぜん》、韮崎が口を開いた。

「何が自然だ。今日植えて明日《あした》育つわけがないだろ」

「え？」

「それじゃあ何回作っても同じだぞ。そう、思わんか？」

その声には、静かな侮蔑《ぶべつ》の響《ひび》きがあった。花は戸惑《とまど》って言いよどみ、曖昧《あいまい》な笑顔《えがお》を向けた。

「そ……それは……」

「笑うな」

「……！」

「なぜヘラヘラ笑う」

「――」

「笑ってたらなにもできんぞ」

韮崎は言い残すと、無愛想にバタンとドアを閉めて車を出した。

花は笑顔が凍《こお》り付いたまま、呆然《ぼうぜん》と見送った。

しばらくは、その場から動くことができなかった。

それから、日没後《にちぼつご》のわずかな光の中で、枯れた株を引《ひ》き抜《ぬ》いた。

なにを言う気力も残っていなかった。

雪は手伝いながら、ぼそりと呟《つぶや》いた。

「あのひと、こわい」

「ううん。おかあさんが何にも知らないのがいけないの」

「大人なのに？」

韮崎に面と向かって言われた言葉が、ずっと頭の中に響いていた。自分はなにをやっているのだろうかと、恥ずかしい気持ちになった。

「はぁ……。お父さんにもっといろいろ聞いておけばよかった」

ため息をついて、花は天を仰《あお》いだ。

夏の午後。

大粒の雨が、屋根瓦《やねがわら》を叩《たた》いている。

雪と雨は縁側《えんがわ》でふたり並び、雨垂れを目で追っている。花は、居間の机に専門書を広げ、畑が病気に見舞《みま》われた理由を探した。そこにはあっけないほどに理由とその対処法が書かれており、なぜ先に調べておかなかったのかと後悔《こうかい》した。専門書にはほかにも、初心者向けの本では決して目にすることのできない様々な病気の種類と予防法が書かれていて、花はそのひとつひとつをノートに取った。

突然、一台の車がやって来ると、水たまりを散らして花の家の前庭に停まった。雪と雨は慌《あわ》てて家の奥に引っ込み、警戒《けいかい》するように机の後ろに隠《かく》れた。レインコート姿の女性が雨粒《あまつぶ》を避《さ》けるように早足で車から走り出て来る。

「ひゃーひどいひどい」

縁側に腰《こし》を下ろして水滴《すいてき》を払《はら》う中年の婦人を、花は硬《かた》い表情で出迎《でむか》えた。

「こんにちは。あの――……」

「はい。これあげる」

振り向きざまにビニール袋《ぶくろ》が差し出される。

「なんですか？」

「タネ芋《いも》」

「タネ芋って、畑に植えるやつですか？」

「それ以外にどんな使い道があんのよ」

と、田舎《いなか》の女性らしい愛嬌《あいきょう》のある顔で笑った。「じいちゃんが何か言ったらしいけど気にしないでね。ああいう性格だから」

韮崎の娘《むすめ》であるようだった。いつか里のよろず屋で見かけたことがある。その人懐《ひとなつ》っこい笑顔に、花もつられて笑顔になった。

「いえ、私が悪いんです」

その花の態度に、韮崎のおばさんはひとり満足げに笑った。

それから家の奥へ首を伸ばして、こどもたちに挨拶をした。

「こんにちは」

が、雪は返事をせず机の陰《かげ》から奥の扉《とびら》に隠れると、威嚇《いかく》するように睨《にら》みつけた。雨も追従すると不安げにこちらをうかがう。

花は申し訳ない気持ちになった。

「……すみません」

「いいのよ」

韮崎のおばさんは気にしない様子で笑いかけてくれた。

翌日からすっかり雨が上がり、気持ちのいい夏空が広がった。

花は、8月の前半をたっぷり使って畑の改良を行った。畑を丁寧《ていねい》に耕し直し、水をまきおえると、その土をビニールシートやポリ袋で覆《おお》った。韮崎のおばさんから教わった、夏の太陽熱を利用する土の消毒法だった。これでほとんどの病気と害虫に効果があるということだった。

夏の後半になっても、連日うだるような暑さは続いていた。こどもたちに帽子《ぼうし》をかぶせて畑に出た。花が穴を掘《ほ》り、雪と雨がそこへもらったタネ芋を置いた。こんどこそうまくいってほしいと願って、土をかぶせた。

サニートラックが畑の前に停まった。

韮崎が車から出てきて、ズカズカと畦を登ってきた。

花は汗《あせ》を拭《ふ》きつつ挨拶した。

「あ、韮崎のおじいちゃん。タネ芋、ありがとうございます」

だが韮崎は返事せず、畝を見たまま、

「無駄《むだ》にする気か」

と呟くと、花たちが今植えたタネ芋を次々と掘り返し、土の上に転がした。

「………あ」

花の笑顔が固まった。

韮崎は、帽子のつばの下から厳しい目をこちらへ向けた。

「土からやり直せ」

「………！」

言葉が出なかった。

夏の日差しがじりじりと肌を焦《こ》がす。

花は、鍬《くわ》を手に取って、もう一度最初から土を耕し始めた。

韮崎は、花に一瞥《いちべつ》もくれないまま、不機嫌《ふきげん》そうに畑の周りを黙《だま》って歩く。そしてときおり不意に立ち止まると、こちらを見て短く言う。

「もっと深く掘れんのか」

「すみません」

花は言われたとおりに力を込める。韮崎は再び黙って畦を歩き出す。

午前中の入道雲が成長している。けたたましく鳴く蟬《せみ》の声と、規則正しい鍬の音だけが辺りに響いている。

荒《あら》い息の花が訊《き》く。

「あの、肥料とかは」

「葉を混ぜ込んだのだろう」

「はい」

「ならいらん」

太陽の位置が、頭上に来ていた。

作業はようやく畑の全体におよんだ。休みなしで耕し終えた汗だくの花は、鍬の柄《え》に寄りかかって息を整えていた。軍手をしないままの掌《てのひら》がじんじんと痛んだ。

「終わったのなら、ここも耕せ」

韮崎が、もうひとつの休耕田を見て言った。

花は手《て》の甲《こう》で汗を拭《ぬぐ》いつつ、疲《つか》れた笑顔を向けると、

「そんなに広くなくても。こどもと三人食べる分だけですし」

と、やんわり断った。もともと家庭菜園の延長線上のつもりであり、なにも作った野菜を出荷《しゅっか》したり市場で売ろうということではないのだから、今の畑だけで面積は充分《じゅうぶん》なはずだった。

だが、

「……聞こえんのか」

睨みつける韮崎に気圧《けお》されて、花は息をのんだ。

今から手つかずの場所を畑に耕耘《こううん》しなければならないと考えると、気が遠くなった。だ

が韮崎に反駁《はんばく》する気力は残っていなかった。言われるままにもうひとつの休耕田に行き、繁茂《はんも》する雑草を刈《か》り、そのあとひたすら土を耕した。汗が流れて目にしみた。筋肉痛はとうに通《とお》り越《こ》し、全身の関節がキリキリときしんだ。

午後の雲を鳥影《とりかげ》が渡《わた》ってゆく。

「畝《うね》を作れ」

「はい」

もはや笑う余裕《よゆう》などなかった。乱れた髪《かみ》のまま畝を作った。

「もっと間隔《かんかく》を空けろ」

「はい」

「畝が低すぎる」

「はい」

「もっと高く」

「はい」

ひたすら言われたとおりに、畝を作り直した。

汗があごから滴《したた》り落ち、ぽたぽたと音を立てて地面に落ちた。泥《どろ》まみれ汗まみれの肌《はだ》に、髪の毛が張り付いた。もう何も考えられなかった。ただ一点を見つめ、いつ終わるともない作業を続けるだけだった。

いつの間にか夕方になっていた。

西日を浴びた二つの畑で、花は黙々《もくもく》と畝を整えた。

韮崎は、タネ芋のひとつひとつを丹念《たんねん》に吟味《ぎんみ》すると、そのうちのいくつかをポケットナイフで半分に切り分けた。作業を終えると、腰を上げて花を見た。

その気配に、花は手を止めて振《ふ》り返《かえ》った。

韮崎はタネ芋の入ったビニール袋を無造作に放《ほう》った。

「1週間したら切り口を下にして植え付けろ。水などやるな。放っておけ」

花はよろけつつ前に出て、精一杯《せいいっぱい》の笑顔《えがお》を向けた。

「あの……、いろいろ教えていただいて、ありが……」

言い終わらぬうちに、サニートラックのドアがバタンと閉まる音がした。

韮崎が去って行くのを、花は呆然《ぼうぜん》と見送った。

山の向こうの落日が辺りを赤く染めていた。ヒグラシのカナカナカナという声がして、そして止《や》んだ。

隠れていた雪と雨が駆《か》け寄《よ》ってきた。

「かあさん、だいじょうぶ？」

こどもたちの声を聞いて、花は我に返った。急にどっと疲れが押し寄せ、その場にへたり込んでしまった。

無数のアキアカネが山から下りてきて、秋の空を埋《う》めつくしている。

植えたジャガイモは発芽し、みるみる葉を茂《しげ》らせた。芽かきや土寄せの作業に追われていると、ゴツい4WDの車が2台、畑の脇《わき》に来て停《と》まった。

里の老人、細川と山岡だった。ふたりは花に手招きした。

「ちょっと来て」

「え？」

「いいから。ちょっと来て」

「え？」

「いいからいいから」

理由も告げずに花が連れて行かれたのは、スーパー農道沿いにある苗《なえ》の販売所《はんばい》だった。いくつも連なる大型のハウス内部にひしめく無数の秋植えの苗の中から、細川が2種類を手に取るとコンパニオンプランツの解説を始めた。

「これ、カモミールとキャベツね。一緒《いっしょ》に植えると虫がつかないし味も良くなる」

そこへ別の苗を持った山岡が割り込んだ。

「あーダメ。キャベツにはセロリに決まってる」

「違《ちが》う違う。初心者はこっちから」

「ダメダメダメ。カモミールなんぞ腹の足しになるか」

「違う違う違う」

「ダメダメダメ」

言い争いになった。花は交互《こうご》にふたりを見た。

買い物を終えて、畑に戻《もど》ると早速《さっそく》植え付けた。

「植え付けはこのくらい浅く植える」

「違う。まず植え穴に水を含《ふく》ませてから植える」

「ダメダメ。水なんてあとでいいの。まずは植えてから」

「違う違う違う」

「ダメダメダメ」

言い争いになった。花は交互にふたりを見た。

細川と山岡は、その後もたびたび畑の様子を見に来た。

「追肥はこのくらいパラパラでいいの。多すぎても虫が寄ってくるだけだから」

「ダメだ。貸せって。もっと大胆《だいたん》に」

「違うって。少なめでいいの」

「こいつの言うとおりにしていたら必ず失敗する」

「そりゃおまえだ」

「なにをっ？」

「なにをっ？」

言い争いになった。

花は、ふたりの植えたキャベツを交互に見た。どちらとも、すくすく順調に育っていた。

それから間を空けずに、里に住む堀田《ほりた》と土肥《どい》という夫妻が、花の家を訪ねてきた。

手みやげの鶏糞《けいふん》と、ペットボトルに入った茶色の液体を、縁側《えんがわ》に置いた。

「木酢液《もくさくえき》？」

「炭焼きの煙《けむり》から作る天然の農薬。使い方は書いて中に入れてあるから」

「わざわざありがとうございます」

「こっちこそ突然《とつぜん》押し掛《か》けて、びっくりさせちゃったわね」

「いえ……」

花は茶を振る舞《ま》いながら、自分よりもずっと年上の夫婦《ふうふ》たちを見た。二組とも専業の農家ということだったが、決してそうは見えず、まるで避暑地《ひしょ》で休暇《きゅうか》を過ごすビジネスマンのようなスマートないでたちだった。彼らは優《やさ》しい笑顔で花を気遣《きづか》った。

「慣れない土地で苦労するでしょ」

「知らないことだらけで毎日勉強です」

「せっかく都会から来ても、すぐにくじけて帰っちゃう人が多くてね」

「若い人がほかにも？」

「いやいや、定年したいい歳のおっさんだよ。笑っちゃうんだもの、メンタルが弱くて」

夫婦たちは顔を見合わせて苦笑《くしょう》した。

堀田の旦那《だんな》さんが、茶を口元に寄せてしみじみと外を見た。

「オレが言うのもなんだけど、生きていくのにあんまり楽な土地じゃないからなあ」

「水はけは悪いし」

「雪はたくさんだし」

「助け合っていかにゃあ……」

花は、そんな夫婦たちの横顔を見つめた。彼らの言葉が胸の奥底に響《ひび》いた。

続いて、ふたりの若い母親が軽自動車でやってきた。どちらも他の地域からこの土地に嫁《とつ》いだのだと言った。保育園のスモックを着た子供たちを連れていた。

「ここ、若いお母さんがすごく少ないから、仲間が増えて心強いわ。わからないことがあったら何でも訊《き》いてね」

「あ、じゃあ……」

今までどのように暮らしてきたかを花が簡潔に述べると、若い母親は、驚《おどろ》き呆《あき》れた。

「ええっ？　貯金で生活してんの!?」

「でも、そろそろ働かないと」

ほおづえをついて花が言った。

若い母親のひとりは花を覗《のぞ》き込んだ。

「仕事見つけるの、大変だよー。都会のようなわけにはいかないもの」

「保育園に子供を預けて、みんな遠くまで通勤してるもん」

「ねー」

母親たちは声を合わせた。


それらの様子を、雪と雨はどこかで聞いていたのかもしれない。

夕食の準備をする花を見上げて、雪が言った。

「保育園ってどんなところ？」

「え？」

「なんで雪と雨は行かないの？」

「だからそれはね――」

「雪も保育園行きたい！」

雪は、いつぞやのようにぴょんぴょん跳《は》ねて要求した。

明朗で好奇心《こうきしん》の強い雪にしてみたら、正当な願いだと思った。

しかし、おおかみの子であることが周囲に知れるかもしれないので、当然、行かせるわけにはいかない。

毅然《きぜん》とした態度で花は言った。

「ダメ！」

「行く！」

「ダメ！」

「行く！　行く行く行く行くっ！」

だだっ広い大広間を雪は四つ足で周回すると、地団駄《じだんだ》を踏《ふ》んで全身で訴《うった》えた。

食事中も寝転《ねころ》がって暴れた。

「保育園行きたい！　行きたい行きたい行きたい行きたい！」

あとかたづけのあいだも、雪はスンスン泣き続けた。

「秘密ってことはわかってるもん。でも雪、うまくやるもん」

「わかったから。でもね」

雪はわざわざ食器棚《だな》とゴミ箱のあいだに入り、膝《ひざ》を抱《かか》えながら呟《つぶや》いた。

「うまくやるもん」


翌月になると、農繁期《のうはんき》が一段落した韮崎のおばさんが、花の家にちょくちょく遊びにくるようになっていた。

そのうちおばさんは、旦那さんも一緒に連れて来るようになり、あれやこれや茶飲み話をしているうちに、いつのまにか花は、旦那さんが経営する集落営農組合の会計を手伝っていた。コツさえ飲み込めば、会計事務は花にとって決して難しい作業ではなかったが、数字の苦手な旦那さんに大いに感謝された。

「これ先月の領収書」

「はい」

手際《てぎわ》よく花が計算していく。手伝うことで、プロの農家がどのように作付けを計画しコスト管理をしているかを、じかに学ぶことができた。そこには家庭菜園レベルの花の畑にも応用できそうなことが多々あった。

と、韮崎のおばさんが帳簿《ちようぼ》に記入する手をふいに止めて庭を見た。続いて旦那さんも同じ方向を見て手を止めた。

花はふたりの様子に顔を上げ、ぎょっとなった。

庭先で、ワンピースを首に巻いたおおかみの雪が、こちらを見ている。

(……雪!)

「花ちゃん、犬、飼いだしたのかい?」

「あ、ええ……、まあ……」

言いよどむ間もなく、おおかみ雪はこれみよがしに喉《のど》を鳴らして、
うおおおおおおん。

と、遠吠《とおぼ》えした。

おばさんはあぜんとして旦那さんの袖《そで》を引っ張る。

「……ありゃオオカミでないの? ねえあんた、あれオオカミよねえ」

冷《ひ》や汗《あせ》が吹《ふ》き出た。「いや、あの、それは」

「バカ言え。いまどき日本にオオカミがいるかよ。ありゃシェパードと何かの雑種だ。なあ花ちゃん。当たり? ねえ当たり?」

旦那さんがニッコリと身を乗り出す。花は言葉に窮《きゅう》した。

「いや、それは……」

「あれ？　犬がいない。あれ？」

見失ったおばさんが、きょろきょろ辺りを探す。

と、裏の勝手口を開けて雪がやってきた。いつのまにか人間の姿である。

「韮崎のおばさん、こんにちは」

「あら雪ちゃん。今日はお愛想がいいのね」

「おー犬とおそろいのべべかい。かわええのう」

雪は、花だけにウインクすると縁側を駆《か》け下りた。ほどなくして庭先におおかみ雪が自らを見せつけるように現れた。

花は、声にならない声で言った。「ゆ……雪！」

この変わり身を不審《ふしん》に思われやしないか、気が気ではなかった。だが不審に思われてしまったのは花の挙動のほうだったようで、

「……どした の花ちゃん」韮崎のおばさんが、不思議そうに花を覗き込んだ。

「アハ……アハハハハ」

ひきつった笑顔《えがお》でごまかすしかなかった。

朝晩の山の空気が冷え込みだすと、花の家の周囲はみるみる紅葉に彩《いろど》られていった。

畝《うね》に鍬《くわ》を何度か差し込み土を持ち上げる。それから黄色くなった茎葉《けいよう》をつかんで一気に引っぱる。すると、見事なジャガイモが土の中から姿を現す。

「わあああ!!」

こどもたちは目を見張り、花に寄《よ》り添《そ》って一緒《いっしょ》に収穫《しゅうかく》をよろこんだ。早速《さっそく》、雪や雨もまねて茎《くき》をつかんで引っぱると、おもしろいほどにジャガイモが躍《おど》り出《で》た。日陰《ひかげ》でしばらくジャガイモの表面を乾燥《かんそう》させてから、ひとつひとつの泥《どろ》を払《はら》ってバケツに移した。納屋《なや》にあるすべてのバケツを使っても入りきらないくらいの量だった。

花は、袋《ふくろ》にいっぱいのジャガイモを両手に抱えて里に下り、韮崎を訪ねた。まずは最初に韮崎に見てほしいと思ったからだった。

だが玄関先《げんかんさき》でいくら呼んでも返事はなかった。納屋のほうも見たがやはりいない。

「……韮崎のおじいちゃん、どこだろ?」

仕方なくあきらめ、次に細川を訪ねた。

屋敷林《やしきりん》に囲まれた瀟洒《しょうしゃ》な造りの母屋《おもや》で、細川は花を出迎《でむか》えた。

「うん。良く育っとる」

「みなさんのおかげです」

細川はジャガイモを手に取って出来を確かめると、袋を抱えて納屋へ消えた。「うちは根こそぎやられちまったから助かるわ」

「やられたって、何に？」

「イノシシよ」

言いつつ戻《もど》ってきた細川は、これ好きなだけ持ってって、と、両手いっぱいのまるまる太った大根を花に押し付けた。

続いて、山岡の家を訪ねた。

自家用のショベルカーがある大屋敷の庭先で、山岡は花のジャガイモを、ありがたく頂きます、と受け取った。

「イノシシの奴《やつ》、朝、音も立てずに全部掘《ほ》り返して行きやがるんだもの。今年は酒井《さかい》の田んぼまで下りてきたらしいな」

などと言いつつ「ほらお返し、重いぞ」と15キロの米袋3つを花に持たせた。

それから何日か後には、堀田夫妻と土肥夫妻がやってきた。

それぞれのお裾分《すそわ》けを手に、茶飲み話をした。

「花ちゃんの畑だけだよ。動物被害《ひがい》がないの」

「こんな山なのに不思議ねー」

「なんかコツがあるんでしょ」

「みんな知りたがっているよ」

と口々に言った。

そう言われても、花にはなにも思いつかなかった。

「いやあコツなんて」

実際、韮崎のおばさんや細川たちに教えてもらったとおりにしているだけだった。花の背に隠《かく》れて座る雨が、なあにコツって、と控《ひか》えめに訊いたとき、庭先の雪が一同を割って縁側《えんがわ》を駆け上がった。

「おしっこ！」

夫妻たちは、トイレへと走り去る雪をニコニコと見送った。

「元気ねー雪ちゃんは」

「………あ」

花は、突然《とつぜん》思い立った。イノシシが花の家に近付かない秘密は、とりもなおさず雪や雨の秘密ではないだろうか。

「なに？　花ちゃん」土肥の旦那《だんな》さんが花を覗き込んだ。

「いや……、なんでもないです」

花は笑顔を作って首を振《ふ》った。

山の林が葉をすべて落として冬支度《ふゆじたく》を整えたころ、韮崎のおばさんが紙のパックに入った産みたての有精卵《らん》をいくつも持ってやってきた。

「わあっ、ありがとうございます」

「いいのよ。ジャガイモのお返し」

「たまご、ひさしぶりです」

「そりゃよかった。なくなったらまた言ってね」

花は、さっそく冷蔵庫を開いて卵を入れようとあれこれ試みた。既《すで》に台所の床《ゆか》は冷蔵庫に入りきらない頂き物で溢《あふ》れている。

韮崎のおばさんは大広間から顔をのぞかせて、あら、と言った。

「あら、なーんてかわいいの？」

「え？」

花は振り返っておばさんを見た。そしてふたたび目の前の小さな冷蔵庫を見た。

かわいい？　冷蔵庫が？

その夕方である。

トラックの荷台から韮崎の旦那さんとその息子《むすこ》が運び下ろしたのは、中型の冷蔵庫であった。

「よいしょっと」

「こんなに大きいの、悪いです」

花は恐縮《きょうしゅく》しまくった。なんとか旦那さんを思いとどまらせようと必死に試みた。厚意《こうい》はありがたいが、こんな高価なものを受け取るわけにはいかない。だが旦那さんは笑顔でかわすと、構わずに玄関へ向かう。

「いいのいいの遠慮《えんりょ》しなくて。納屋に眠《ねむ》ってたやつだから」

「えーでも」

「もらって。持って帰るとじいちゃんに怒《おこ》られるから」

「おじいちゃんが？」

花は訊《き》き返した。

旦那さんと息子は、冷蔵庫を抱えたまま土間で器用に靴《くつ》を脱《ぬ》いだ。

「花ちゃん花ちゃんうるさくてさ。なあ」

「惚《ほ》れてんのよ」

「バカ言え。もう90だってての」

「だって面倒《めんどう》見てやれってみんなをけしかけたのも……」

「バカ、言うなって言われてるだろ」

父親に怒鳴《どな》られて、息子は身を縮めた。

「……そうだったんだ」

花は、遠くの空を見上げた。


韮崎は、ひとり棚田《たなだ》を見回っていた。

畦《あぜ》や石垣《いしがき》に崩《くず》れがあれば補修し、用水路に溜《た》まった落ち葉を掻《か》き出していた。雪に埋《う》もれてしまう冬の到来《とうらい》の前に、しておかなければならないことだった。すべての作業を終えるころには、既に日は暮れかけていた。

花は、農道で韮崎を待っていた。

お辞儀《じぎ》して、それから笑顔を向けた。

「畑が、広くなきゃいけない理由、やっとわかりました」

と、花は言った。

夏には、その意味がわからなかった。だが今ならわかる。収穫は、その家のためだけのものではない。里の者みんなのためであり、収穫はみんなで分かち合う。花は畑づくりを通して里の暮らしの流儀を知った。つまり、韮崎から学んだ。

だが韮崎はうつむくと、右の軍手を外した。そして呟《つぶや》いた。

「気に入らない」

「え？」

外国製の使い込んだコートのポケットに軍手を入れ、韮崎は不機嫌《ふきげん》そうに顔を上げた。

「どうしてそういつもヘラヘラ笑っている」

その物言いに、思わず花は吹《ふ》き出していた。

「ククククク……！」

「笑うな」

「アハハハハハハ……！」

もちろん失礼なのはわかっている。だが失礼だと思えば思うほど、可笑《おか》しさがこみ上げてきた。

花は、韮崎がたまらなくいとおしかった。いとおしいのにどうしてこんなに可笑しいのだろう。可笑しくてしょうがなく、腹をかかえて笑った。こんなにも笑ったのは、彼と過ごしたとき以来ではなかったか。

「何がそんなにおかしいことがある」

韮崎は、問いかけるように手を広げ、笑い続ける奇妙《きみよう》な小娘《こむすめ》をまじまじと見たが、やはりわけがわからない、といったふうにため息をついた。

ふたりのシルエットが、いつまでもそこにあった。

冬の澄《す》んだ空気に、夕暮れの空が映《は》えていた。


夜になって、小雪がちらつきはじめた。

こどもたちを寝《ね》かしつけると、花は茶を淹《い》れ、この春からの出来事をひとり静かに振り返った。

「本当は、人目を避《さ》けてここに越《こ》してきたはずだったのに……いつの間にか、里のみんなのお世話になってる」

畑作りを厳しく教えてくれる師匠《ししよう》ができた。まるで親戚《しんせき》のように面倒を見てくれる年上の友人もできた。子育てについて話し合える若い母親の友達もできた。花の家は、『周りに人が住んでいない家』から、『人が多く訪ねてくる家』に変わっていた。

にもかかわらず、幸いにもこどもたちの秘密は守られていた。

おおらかで、いささか親切すぎるこの土地の人々の顔を思い浮《う》かべ、そのひとりひとりに感謝した。

「最初はたいへんだったけど、なんとかここでやっていけそうかな」

と、彼の免許証《めんきよしょう》を見上げた。

彼も微笑《ほほえ》んでくれているように、花には思えた。


朝起きると、一面の雪だった。

「わあああああ！」

3人で思わず歓声《かんせい》を上げた。

雪は、狂喜《きようき》して縁側からジャンプした。

新雪に大の字で突《つ》っ込む。

ぼふんっ。

どこまでも柔《やわ》らかく、ひんやりと心地《ここち》よかった。きめ細やかな雪の結晶《けっしょう》がぷちぷちと小さな音を立てて溶《と》けていくのを、肌《はだ》の表面に感じた。初めて体験する感触《かんしょく》だった。体中から原初的な笑いが圧倒《あっとう》的な勢いでこみ上げてきて、

「わはははははははは！」

と、本能の赴《おもむ》くままにごろごろ転がった。

雨は、雪上を一歩一歩慎重《しんちょう》に踏《ふ》みしめるが、すぐにバランスを崩して前のめりに倒《たお》れ、

「ふおっ！」

と驚《おどろ》いたように目を丸くして、雪まみれの顔を振った。

花は、さわやかな冷気をいっぱいに吸い込んで、雪景色を見た。胸の中が、以前よりもずっと楽になっているのを感じた。いまなら自分も幼いころに戻《もど》れそうな気がする。そう思った瞬間《しゅんかん》、勢いをつけてこどもたちの元へ、

「えいっ！」

と飛び込んでいた。雪の中でふたりをぎゅうっと抱《だ》きしめる。こどもたちの体温と匂《にお》い。かけがえのないもの。ああ、なんと幸せなのだろう。

「アハハハハハハハハハハハハ！」

仰向《あおむ》けになって、腹の底から笑った。

3人の笑顔《えがお》が弾《はじ》けた。

雪はパジャマ姿のまま、裸足《はだし》で駆《か》け出《だ》した。林の中を駆け抜《ぬ》けながら、人からおおかみの姿へ、そしてまた人の姿へとめまぐるしく変化した。

雨も、雪に追いつこうと、四つ足から2本足へ、そしてまた四つ足へと変化した。

変化の勢いでパジャマが脱げ、マフラーだけの姿になった。

ダッフルコートを羽織った花は、パジャマを拾い上げつつふたりを追いかけた。

雪と雨は、まるで遊んでいるようにおもしろがって、花から逃《に》げ回った。

真っ青な快晴の空。

一本の樹《き》が立つ新雪の丘《おか》を、二匹《ひき》のおおかみこどもが、ループを描《えが》きながら駆け下りていく。

おおかみ雪は、斜面《しゃめん》を滑走《かっそう》すると、勢いをつけてジャンプした。風を受けてふわりと浮かぶ。長くうしろに伸《の》びたマフラーがバタバタと風にたなびく。まるで空を飛ぶような心躍《おど》る瞬間。着地とともに盛大《せいだい》な雪しぶきがおおかみ雪を隠《かく》した。

おおかみ雨もまねして、空に跳《は》ねた。思った以上に体が浮かんで慌《あわ》てた雨は、足をばたつかせて不安定に着地すると、雪しぶきを全身に浴びた。

おおかみ雪も負けじと、さっきよりも大きくジャンプした。空中で身を躍らせて優雅《ゆうが》に回転した。

ふたりは競《きそ》うようにジャンプを繰《く》り返し、そのたびに雪煙《ゆきけむり》が上がった。

花も追いかけて、その雪煙の中に加わる。

無数の結晶が弾けて、真っ青な空に美しく舞《ま》い上がった。

うおおおおおおおおおおっ、

と雪が吠《ほ》えた。

うおおおおおおおおおおおおおおっ、
と雨も吠えた。

花も一緒《いっしょ》になって、
うおおおおおおおおおおおおおおおおっ、
と吠えた。

そのまま、真っ白な世界の中に、大の字に倒れ込んだ。

三人の声が、遠くの山にこだましている。

雪はいつのまにか人の姿にもどっていた。大きく息をする音が、やがて笑いに変わった。

「はあっ、はあっ……フフフフフ……！」

それを聞いて、汗《あせ》いっぱいの雨も笑い出した。

「ハハハハハ……ハハハハハハ！」

つられて花も笑った。

「アハハハハハハハハハハハ！」

三人で笑いころげた。

結晶が陽《ひ》を浴びてキラキラ輝《かがや》いていた。

熱くなった体を、風がさわやかに冷やした。

心地よい疲労《ひろう》のなか、花は目を開けて空を見た。

のんびりと雲が流れていた。


その帰りである。

うすぐもりの空のした、おおかみ雨はふと立ち止まると、耳を澄ませた。

水の流れる音がする。

ひとり斜面を下ると、林に囲まれた穏《おだ》やかな雪景色の渓流《けいりゅう》があった。

これが以前、雪が川鵜《かわう》を捕《つかま》えた沢《さわ》かもしれない。

と、林の小枝にヤマセミを発見した。間違《まちが》いない。図鑑《ずかん》で見たことがある。

ヤマセミは水面に飛び込み、無駄《むだ》のない水しぶきを上げた。小魚をくわえてふたたび水上に出て、雪のつもった飛び石に着地する。見事な所作だった。羽根にあしらわれた、白黒のまだら模様が美しかった。

雨は、もっと近くであの羽根をよく見てみたい、という気持ちに駆られた。用心深く近付くと岩陰《いわかげ》に潜《ひそ》んだ。静かに息を整え、長いあいだタイミングを見計らった。

ヤマセミは魚をくわえ直し、飲み込もうとしたところで、背後の気配に振《ふ》り返《かえ》った。

次の瞬間、雨は、飛びかかった。

運良く前足が尾《お》を捕えた。羽根をばたつかせて逃《のが》れようとするのを、飛び石の上で回り込んでなんとか押さえ込んだ。ヤマセミはしばらく暴れていたが、やがて動きを止め、まばたきをするだけになった。

それは雨にとって、初めての狩《か》りだった。

まさか最初からうまくいくとは思っていなかった。まだどきどきしているのは、狩りが成功した興奮なのかもしれない。だが終わってしまえばあっけなかった。考えていたよりも簡単だった、とすら思えた。どうして今まで挑戦《ちょうせん》しなかったのだろう。さあ、早く持ち帰ってかあさんに見せよう。雪にも見せてあげよう。そしたらふたりはどんな顔をするだろうか。目を丸くして驚くだろうか。それとも獲物《えもの》に感心してくれるだろうか。

そのときだった。

マフラーを自分で踏んでしまい、バランスを崩《くず》して渓流に滑《すべ》り落《お》ちた。

ざぶん。

と水柱が立った。ヤマセミは逃れて飛び去っていった。

水は驚くほど深く、冷たく、流れが速かった。

地上では穏やかに思えたのが嘘《うそ》のようだった。手近な石につかまろうにも、とてもつかまりきれなかった。

「かあ……かあさん!!」

雨は、おおかみの姿と人間の姿を行き交《か》いながら、必死にもがいた。

声を聞きつけ戻ってきたおおかみ雪が、素早《すばや》く渓流への斜面を滑り降りながら叫《さけ》んだ。

「雨！　──かあさん、雨が!!」

花は、そのただならぬ鋭《するど》い声に、ハッと振り返った。

「!?」

全身の毛が逆立った。

「雨！」

弾けるように雪の中を走った。が、足を取られて転ぶ。それでも構わず走った。

「雨!!」

何も見ていないのに、助けを求める雨の姿が頭に浮かんだ。

自分のこどもが死にかけていることが、そばで見ているようにわかった。

かあさん、かあさん、と呼んでいる。

何度も呼んでいる。

はっきりと聞こえた。

それは確かに不思議なことだが、不思議を不思議と感じる余裕《よゆう》などなかった。

ただし、その場所まではわからない。

「雨……雨……！」

泣きそうになりながら、闇雲《やみくも》に走った。何度も迷って、渓流を行きつ戻りつした。しかし雨は見つけられない。ずいぶんと時間と体力を浪費《ろうひ》した。

うすぐもりだった空が、いつのまにか分厚い雲に覆《おお》われている。

小雪がちらつきだしたころ、ようやく雨の姿を発見した。渓流のずっと下流の河原に、裸《はだか》んぼうの雨の体が横たわっていた。

「……雨!!」

花は恐怖《きょうふ》に打ち震《ふる》えた。

我を忘れて駆け寄ると、雨の肩《かた》をつかみ激しく揺《ゆ》らした。

「雨！　目を開けて！　雨!!」

だがいくら揺らしても雨に反応はなかった。肌が河原の石のように冷たく、青白かった。

それでも構わず、雨を揺らし続けた。

「雨……雨……雨!!」

たまらず全身で強く抱きしめた。

傍《かたわ》らに、――おそらく水中に飛び込んで雨を引き上げたのだろう――荒《あら》い息のおおかみ雪が、雫《しずく》を滴《したた》らせながらうなだれている。

花は、雨の体を強く抱きしめ続けた。これでお別れなのだろうか。もう声も聞けないのだろうか。だいじょうぶのおまじないもしてやれないのか。涙《なみだ》もぬぐってやれないのか。あのかわいらしい笑顔も、二度と見られないのか。

濡《ぬ》れた毛皮をさらして永遠に動かなくなった、あの彼のようになってしまうのか。

と、花の腕《うで》の中で、雨がか細くうめいた。

「……かあさん、苦しいよ……」

「雨!!!」

涙まみれの顔を上げて、雨を見た。

意識を取り戻したばかりの雨は、弱々しい笑顔を花に向け、まだ夢の中にいるかのようにささやいた。

「……僕ね、ヤマセミを見つけたんだ……。すごく立派なヤマセミ……。今日は僕にも捕《と》れそうな気がしたんだ………」

喋《しゃべ》るうち、肌《はだ》が徐々《じょじょ》にもとの赤味を取り戻してゆく。

「………なんだかね、いつもと全然違《ちが》うんだ……。怖《こわ》くなかった……。急に、なんでもできる気がしたんだよ」

まるで冒険《ぼうけん》から生還《せいかん》した勇者のように言った。「それでね……あ」

そこでようやく雨は、目の前の花が涙まみれなのに気付いたかのように目を丸くした。

「……なんで泣いてるの？」

それから、傍らの雪を見て、不思議そうに尋《たず》ねた。

「……ここでなにしてるの？」

人間の姿に戻《もど》った裸んぼうの雪は、ぽかんと口を開けて雨を見たままだった。

花は、ふたりを暖めるようにぎゅっと抱《だ》きしめた。

安堵《あんど》の涙が、あとからあとからこぼれ落ちた。

幸運に、誰《だれ》にともなく感謝した。

細かな雪が、風に煽《あお》られて渦《うず》を巻いた。

3

長い冬が終わり、春が近付く頃《ころ》、雪《ゆき》は6歳になった。

雪は、同い年の子供たちと同じように、小学校に行きたくて仕方がなかった。小学校がどういうところかは充分《じゅうぶん》に知らなかったが、おそらく、すさまじく楽しいところであろうと想像して、ひとり興奮した。だが通わせてもらうには花《はな》を説得しなければならないと考え、言いつけを片《かた》っ端《ぱし》から何でも聞いた。その甲斐《かい》あって、4月から通うという話になった。

花は役場に行って必要な手続きをし、納屋《なや》から古い学習机を運び出して寝室《しんしつ》の横を勉強部屋とした。狂喜乱舞《きょうきらんぶ》する雪に、ただし、と花は条件をつけた。条件とは、とりもなおさず、

〝なにがあっても、おおかみにならないこと〟

だった。

「わかってるよ、もー」

入学式の前日、寝間着《ねまき》姿の雪は、布団《ふとん》の上で真新しいランドセルをいじりながら言った。

そんな雪に、花は念を押した。

「約束よ」

「うまくやるって」

「じゃあ、おみやげみっつ、たこみっつ」

「なにそれ？」

「フフフ……。おおかみにならない、おまじない」

見上げる雪に、花は苦笑《くしょう》した。

「おまじない？」

花は唱えつつ、こぶしで胸をトントントン、と三回たたいてみせた。

「おみやげみっつ、たこみっつ、ってやるの」

「おみやげ……」

「みっつ、たこみっつ」

その不思議な言葉の組み合わせが、いかにも効果がありそうに雪には思えた。

「おみやげみっつ、たこみっつ！　おみやげみっつ、たこみっつ！」

雪はすぐに覚えて、大事そうに何度も繰《く》り返した。

翌朝、まだ根雪が深く残る家をあとに、ランドセルをしょった雪が意気揚々《いきようよう》と出発した。そのあとを一張羅《いっちょうら》の黒いスーツを着た花が、ぐずる雨《あめ》の手を引いてついていく。

一番近くのバス停までは、林道を十五分ほど下らなければならない。そのあいだも雪は、上履《うわば》きを入れた靴袋《くつぶくろ》を振り回してスキップし、くだんの呪文《じゅもん》を大声で唱え続けた。バス停では錆《さ》びた標識柱にゆらゆらつかまり、まだバスは来ないかと首を伸《の》ばした。がら空きのバスに揺られているあいだも、車窓の山桜にはしゃいでシートの上でぴょんぴょん跳《は》ねた。山道を下るごとに根雪はじょじょに姿を消し、たっぷり三〇分をかけて町の中心部にたどり着く頃には、すっかり春の景色になっていた。

その小学校は、昭和の初めに建てられたという木造二階建ての校舎が自慢《じまん》だった。かつては大量の児童を収容していたというが、少子化の進展とともに徐々に縮小し、現在ではひと学年十人前後の小規模校へと変化していた。

入学式は、本校舎の横にある、鉄筋コンクリート製の比較的《ひかくてき》新しい体育館で行われた。会場は在校生や教員、来賓《らいひん》、保護者でごった返し、それらの視線は常に、ステージ前の新入生九人に注がれていた。

雪は、こんなにたくさんの人に囲まれるのは生まれて初めてのことだったので、戸惑《とまど》い縮こまってしまった。さきほどまでの元気はすっかり消え失《う》せてしまっていた。楽しげに騒《さわ》ぐ同級生たちはみな保育園からの幼なじみであり、雪だけが新顔であったため、話しかける者など誰もなく、ただうつむいて緊張《きんちょう》の生つばを飲み込むしかなかった。校長の親しげな挨拶《あいさつ》も来賓の冗長《じょうちょう》な祝辞も全く耳に入らず、在校生による歓迎《かんげい》の合唱は、その圧倒《あっとう》的な威圧感《いあつかん》に足がすくむほどであった。あれほど行きたかったはずなのに、いざその場になると、うまくやっていけるのか不安でたまらなかった。助けを求めるように振《ふ》り返《かえ》ると、花が保護者席から励《はげ》ましの笑顔《えがお》を送ってくれたが、それでも雪の不安は解消されず、ただひたすら心の中で呪文を唱え続けて、その場をやり過ごすしかなかった。

ただ、それは最初だけで、授業が始まると雪は、じょじょに本来の快活さを取り戻していった。

きっかけは、毎朝同じバスに乗り合わせる信乃《しの》という同級生で、学校につくまでのあいだ優《やさ》しく雪に話しかけ、最初の友達になってくれた。彼女は、町の大きな材木店のひとり娘《むすめ》で、父親譲《ゆず》りの穏《おだ》やかなリーダーシップを発揮し、女の子グループに雪を招き入れた。

おかげで雪は新参者であるにもかかわらず、すっかり気楽に振る舞《ま》うことができた。授業では積極的に挙手して大胆《だいたん》に自分をアピールし、給食をのこらず豪快《ごうかい》に食べ、廊下《ろうか》を走り階段を駆《か》け下りては女教師にはしゃぎすぎだと注意された。徒競走では弱っちい男子たちをあっさりごぼう抜《ぬ》きにする俊足《しゅんそく》を披露《ひろう》し、驚《おどろ》き感心する女子たちに囲まれて生き生きとした満足げな笑顔を見せた。気がつけば雪は学校生活を存分に満喫《まんきつ》していた。いつも翌朝が待ち遠しかった。

花は、振り返らずにランドセルを揺らして駆けていく後ろ姿を頼《たの》もしく見送った。おおかみこどもの母として、何事もないことに胸を撫《な》で下《お》ろし、またごく普通《ふつう》の母として、娘の充実《じゅうじつ》した横顔を喜んだ。

役場の窓口で、雨と雪が生まれて、はじめて児童手当を申請《しんせい》した。雪が小学校にまともに通えるのを見届けてのことだった。それ以前にも生活は確かに逼迫《ひっぱく》していたし、申請さえすれば受給できたのかもしれなかったが、その引《ひ》き換《か》えにこどもたちの秘密が暴《あば》かれてしまうかもしれないという懸念《けねん》から、足が遠のいていたのだった。しかし雪が小学校という公の場で、〝うまくやっている〟以上、花も覚悟《かくご》を決めねばならない。

手続きは、拍子《ひょうし》抜《ぬ》けするほどあっけなく終了《しゅうりょう》した。

「お待たせ」

待たせていた雨のところへ行った。

「……これ」

目深《まぶか》に帽子《ぼうし》をかぶった雨は、掲示板《けいじばん》の一点を指し示した。

それは「新川《にいかわ》自然観察の森」アルバイト募集《ぼしゅう》の張り紙で、片隅《かたすみ》には、野鳥や高山植物などの写真に混じって、ケージに入れられたオオカミの姿が写っている。

——オオカミ。

花は、その写真をじっと見つめた。


「新川自然観察の森」は、役場からそう遠くない丘陵《きゅうりょう》の一角にあった。

「自然観察の森」とは、自然観察や環境《かんきょう》教育を行う公共の施設《しせつ》で、1984年から環境庁（現・環境省）が主体となって推進し、日本各地に設置された事業である。

100ヘクタールを超《こ》える広大な緑地の中心にある自然観察センターに、花は雨をつれて行った。

内部には、森の様々な様子が描《えが》かれた大きな絵があった。「ふるさとの自然」と題されたその絵には、木々や花の種類や森に棲《す》む動物、昆虫《こんちゅう》などが象徴《しょうちょう》的に配置されていて、生態系の概念《がいねん》を丸ごと把握《はあく》できるように工夫《くふう》が凝《こ》らされていた。

花が見入っていると、背後から声をかけられた。

「お待たせしました。行きましょうか」

「は、はい」

声をかけた人物は、天童《てんどう》という中年の男性で、新川自然観察の森を統括《とうかつ》する理事であり、同時に現役《げんえき》の自然観察員でもあった。これから天童が来園した中学校の生徒たちに森を案内するところで、花は一緒《いっしょ》に見学させてもらうことにした。

園内の遊歩道を散策しながら、天童は中学生に木々や鳥の解説をし、途中《とちゅう》、沼《ぬま》を維持《いじ》管理するボランティアたちに声をかけ、また、来園中の大学の研究グループと親しく話した。花は天童のあとをついていきながら、メモを取った。

「自然観察員は、ただ自然を守るだけが仕事じゃないんです。環境教育、フィールド調査、動植物の保全。この三つの柱をボランティアの人たちの協力をあおぎながら行います。活動の範囲《はんい》が多岐《たき》にわたるので、スペシャリストであると同時に何でも屋でなければならないんです。で、その多忙《たぼう》な自然観察員の補佐《ほさ》をしてくださる人を募集していると、そういう訳なんですが——」

センターに戻ると天童は、ホワイトボードが並ぶ殺風景な会議室で、花の履歴《りれき》書に目を通した。

「はっきり言って、賃金は大変に低いです。将来観察員を目指されている方で、その勉強のための研修費、という意味合いぐらいしか出せません。高校生のアルバイトのほうがよっぽど時給はいいです。それでも──」

天童はにこやかな顔を上げて、花を見た。「やりますか？」

花は、少しの間のあと、遠慮《えんりょ》がちに訊《き》いた。

「……あの、オオカミがいるって聞いたんですけど」

天童は敷地《しきち》内の獣舎《じゅうしゃ》に、花と雨を連れていった。

太陽の光が天窓から降り注ぐ、清潔で広いケージの中に、そのオオカミはいた。

コンクリートの壁際《かべぎわ》に寝《ね》そべって、神経質そうにこちらを見ている。

薄茶色《うすちゃいろ》の毛はところどころまだらで、まるでうす汚《よご》れているように見えた。

天童は、声をひそめた。

「シンリンオオカミです」

「……静かですね」

「歳ですから」

ドアから職員が顔を出して、天童に声をかけた。

「理事長、あのー……」

「ちょっとすみません」

呼ばれて、天童は中座した。

残された花は、天童がドアを閉めるのを見計らって雨の傍《かたわ》らにしゃがみ、オオカミと目線をあわせた。

「はじめまして。聞きたいことがあって来ました」

と、挨拶をした。花は、オオカミの言葉がわかる気がしたのだ。

シンリンオオカミは、のっそりと立ち上がった。

花は、オオカミに見せるように雨の肩《かた》を抱《だ》いた。

「この子はおおかみの子です。父親のおおかみは死にました。私は母親ですが、おおかみの子の育て方を知りません。あなたは、どうやって大人のオオカミになりましたか？」

「――」

ケージ越《ご》しに、オオカミはじっと見ている。

花は、なおも身を乗り出して訊いた。

「森林《シンリン》で育ったときのこと、どうか教えてもらえませんか？」

「――」

オオカミは神経質そうなまなざしで、じっとこちらを見続けた。まるで雨を品定めするように。

が、次の瞬間《しゅんかん》、不意に顔を背《そむ》けると、おっくうそうに足を曲げ、壁際に伏《ふ》せた。口をつぐんだように思えた。

「——」

それからいくら訊いても、何も答えは返って来なかった。ときおりうっすらと呻《うめ》いたが、それはむしろ体調への不満を訴《うった》えているような声だった。

「………」

花は落胆《らくたん》して、立ち上がった。

用事を済ませて戻《もど》って来た天童が、おだやかに解説を始めた。

「……ある資産家が特別な許可を得て飼育していたんですが、亡《な》くなって引き取り手がいないままウチに持ち込まれたんです。元はモスクワの動物園で生まれたそうですが」

「……野生じゃないんですか？」

「動物園に野生のオオカミは稀《まれ》じゃないかな。繁殖《はんしょく》して生まれたら、里子に出すそうだから」

天童は続けて、他にも傷ついた野鳥や野生のタヌキなどが持ち込まれるため、園で預かって治療《ちりょう》したあと、しかるべきところに引き渡《わた》すのだ、と説明した。

雨はそのあいだ、ずっと鋭《するど》い目でオオカミを見続けていた。

自然観察の森を出る頃《ころ》には、辺りはすっかり暗くなっていた。

がら空きのバスに揺《ゆ》られて帰った。花は就職を決めた。人間としての生き方は、あるいは教えてあげられるかもしれないが、おおかみとしての生き方を教える自信はなかったので、働きながら野生動物の生態を学べるのはありがたかった。バスの青白い蛍光灯《けいこうとう》が、寒々とふたりを照らしていた。車窓を流れる田んぼのむこうの家の明かりを、雨はずっと見たまま黙《だま》っていた。花は、雨に言った。

「──これから通うようになるけど、雨、一緒でもだいじょうぶね」

雨は、窓の外を見たままこくりと頷《うなず》いた。

「山のこととか、自然のこととか、働きながら勉強して教えてあげる」

「──本物、初めて見た」

「オオカミ？」

「父さんもあんなだった？」

「ううん。全然」

「よかった」

「なんで？」

「なんだかあの人、寂《さび》しそうだったから」

雨は外を見たまま、花に寄《よ》り添《そ》うと、

「父さんに、会いたかったな」

と、ぽつりと言った。

花も、雨に寄り添って、

「おかあさんも、また会いたいな」

と、ぽつりと言った。


その頃、雪の学校生活にも転機が訪《おとず》れていた。

女の子というものは、野花を愛《め》でたり、シロツメクサを編んだり、四葉のクローバーを見つけたりして楽しむものである。

または、母親のおさがりの宝石箱や、誕生日にねだったきらびやかなケースを所有し、その中に色とりどりのボタン、もしくはおはじきを入れ、互《たが》いに見せ合うものである。

その厳然たる事実に、雪は、大きな衝撃《しょうげき》を受けた。

戯《たわむ》れにアオダイショウを摑《つか》んで振《ふ》り回《まわ》したり腕《うで》に巻き付けたりするような女の子は、雪のほかにはいないということ。

アルミの宝箱に小動物の骨や爬虫類《はちゅうるい》の干物《ひもの》を集めて楽しんでいるような女の子は、雪のほかにはいないということ。

ほかの女の子たちはそんなことしない、と気付いたとたん、恥《は》ずかしくてたまらなかった。アルミ缶《かん》を抱《かか》えて、逃《に》げるように学校をあとにした。

雪は決意した。

これからはなるべくおしとやかに、女の子らしく振る舞《ま》おう、と。

花はその話を聞いて、笑いをこらえるのに必死な様子だった。

「ククククク……」

「………あ?」

頬杖《ほおづえ》をついたまま、雪はギロリと睨《にら》んだ。「笑わないで! 真剣《しんけん》に悩《なや》んでいるんだから」

「雪のやりたいようにやればいいじゃない」

「みんなから変な目で見られるのは嫌《いや》なの!」

心配しなくてもそのうちまた仲良くなるよ、と励《はげ》まされても、気持ちは一向に晴れなかった。

「しかたないなー」

「え?」

雪のために花が新しい服を縫《ぬ》ってくれるという。

納屋《なや》にあった古い足踏《あしぶ》みミシンを使って、手際《てぎわ》よく丁寧《ていねい》に縫製《ほうせい》していく花の様子を、雪は背伸《せの》びして覗《のぞ》き込んだ。精一杯《せいいっぱい》女の子らしく、と、ときおり遠慮深く注文をつけた。二晩をかけて、紺《こん》の地に雪の結晶《けっしょう》の模様をあしらったノースリーブのワンピースが完成した。

さっそく、雪はそのワンピースに袖《そで》を通して登校した。

なんだか自分が自分じゃないように思えて、気恥ずかしかった。みんながこの姿をどう見るのか、ドキドキした。

学校への道すがら、同級生の女の子たちは雪を発見すると、口々にそのワンピースを褒《ほ》めた。かわいい、とか、センスがいい、とか、似合っている、とか、うらやましい、とか。

それは決して、ワンピースの出来がいい、ということではない。女の子らしい価値観を共有しているかどうか、暗黙《あんもく》の確認《かくにん》作業であった。言《い》い換《か》えれば、仲間として雪を対等に扱《あつか》うことを承認した儀式《ぎしき》のようなものであった。

雪は、彼女たちが示してくれた態度に、ほっと胸を撫《な》で下《お》ろした。おかげでクラスで浮《う》くことなく、以降、学校生活を楽しく過ごすことができるだろう。

雪はこのワンピースに、そして縫ってくれた母に、心の中で感謝した。

翌年の春になった。

花は、アルバイトから正職員に採用された。生活は安定し、学生時代に借りた奨学金《しょうがく》の返済もはじめることができたが、業務の合間を縫って講習や資格試験のための勉強に忙《ぼう》殺《さつ》されることとなった。

雨も小学校に通う歳になり、花は勉強部屋にもうひとつの学習机を準備した。だが、雪のときと違《ちが》って、雨は学校に行きたくない様子だった。正確には、行きたくないというよりも、なぜ学校に行かなければいけないかが理解できないようだった。朝、雪とふたりで家を出ると、雨だけ山の方向に歩いていってしまう。

「学校こっち！」

雪に手を引かれないと、たどり着くことすら困難だった。

雨は、学校にうまくなじむことができなかった。授業中も上の空で、ずっと外の雲を眺《なが》めて過ごした。そのような態度はすぐに児童のあいだでうわさになった。ときおり興味本位の上級生が1年生の教室にからかいに来て、肩を小突《こづ》いたり突き飛ばしたりするので、雪が割って入って追《お》い払《はら》わなければならなかった。2年生になって、教室にいるより図書室にいることが多くなり、動物や植物の図鑑《ずかん》を静かに眺めては日がな一日を過ごした。3年生になると、学校を休みがちになった。担任は毎日ちゃんと登校させるようにたびたび要求したが、花は無理に行かせることはしなかった。

そのかわり、雨を職場へ連れていった。ローンで購入《こうにゅう》した中古のジムニーの助手席で、雨はずっと外を眺めていた。

天童は、職場に子供を連れてくることに寛容《かんよう》だった。

「おや雨くん、学校休み？」

「ううん」

雨は、屈託《くったく》なく首を振った。

「じゃズルか」

「うん」

屈託なく頷いた。

「いつでも来たらいいよ」

天童は、雨の頭を荒《あら》っぽく撫でた。

5月の自然観察の森は人で溢《あふ》れていた。センターにはガイドを求める長い人の列ができた。

「ここが観察池です。まだしっぽのあるヤマガエルが見られますよ。……花ちゃーん、ちょっと手伝って！」

「はーい」

花を含《ふく》む職員たちは、ごった返す来客の対応に追われた。

そのあいだ雨は、ほとんどの時間を獣舎《じゅうしゃ》で過ごした。

シンリンオオカミは、のっそりと近付くとケージから鼻先を出して雨を見下ろした。

まるで教えを請《こ》うように、雨はその年老いたオオカミを見上げた。

雨はそれから、ひとりで山に出かけることが多くなった。


4年生になった雪は、入学した頃に比べて30センチも身長が伸《の》びた。それに合わせて紺《こん》色《いろ》のワンピースを花が仕立て直してくれた。つややかな黒髪《くろかみ》としなやかに伸びる長い手足は、ワンピースによく似合った。

外見だけではない。かつてのようなやんちゃな野生児から、おしとやかで落ち着いた少女に変わっていた。グラウンドで快活にはしゃぎ回るよりも、静かに本を読むことを好むようになった。

それは、読書家である親友の信乃の影響《えいきょう》であり、また、学校という社会の中で居場所を築き、穏《おだ》やかに過ごすために選択《せんたく》した手段でもあった。それが功を奏し、この4年間のあいだ、雪の秘密は完璧《かんぺき》に守られていた。

その朝である。

雪は、いつものように図書室で借りた本を読んでいた。

「はいみんな注目ー」

田辺《たなべ》先生が、騒《さわ》がしい教室にいつもよりも遅《おく》れて入ってきた。「転校生を紹介《しょうかい》します」

その声に、雪は顔を上げた。

担任と並び立つ、リュックを背負ったTシャツ姿の少年がいる。

「藤井草平《ふじいそうへい》君です。——じゃあ挨拶《あいさつ》して」

田辺先生が黒板に名前を書くあいだ、草平と呼ばれた少年は、軽く会釈《えしゃく》した。

「藤井です。はじめまして」

入学して初めての転校生に、クラスメイトたちは色めき立った。

草平の席は、窓際の雪のすぐうしろに決まった。

草平は、自分の席に座ると、

「なあ、おまえんち、犬飼ってない？」

と出《だ》し抜《ぬ》けに訊《き》いた。

「え？　なんで？」

「なんか——、ケモノくさいから」

「――!」

突然《とつぜん》のことに、頭が真っ白になった。

なんと答えればいいのか懸命《けんめい》に考えようとした。だが何も考えられない。何も思いつかない。

「――飼ってないよ」

と答えるだけで精一杯だった。

草平は、

「あれ? おかしいなぁ。絶対そうだと思ったのに」

と、周囲のにおいを嗅《か》ぎだした。

雪は、体が石になったように動けない。

横に座る信乃が、首を伸ばした。「なになに?」

「え? いや、匂《にお》いがさ」

「匂い? なんの?」

「……気のせいかな?」

雪は、身を縮めてその場をやり過ごした。

休み時間、雪は女子トイレでひとり、手を念入りに洗い、ハンカチで丁寧に拭《ふ》いた。

体の匂いを確かめてみる。

なんの匂いもしない。

匂いなどするわけがないのだ。

しかしあの少年は確かに言った。

ケモノの匂いがする、と。

転校生だから気がついたのだろうか。

いままで一度だって言われたことがなかった。

だがやはり、わずかでも他の人間とは違う特別な匂いを発しているのだろうか。四年間、平穏《へいおん》にやり過ごして来たというのに、ここになって突然、秘密が暴《あば》かれてしまうのか。

鏡には、不安げな自分の顔が映っている。

雪は、なんとか冷静になろうと努めた。

だいじょうぶ、きっとだいじょうぶ。

深呼吸した。

充分《じゅうぶん》に時間を取って、気持ちを落ち着かせた。

それから、もういちど鏡に映る自分を見た。

不安に、今にも泣きそうな顔をしていた。

クラスに戻《もど》ると、草平がみんなとババ抜きをしている。

「どれかなー？　よし、これだっ！　ガーン、マジで？」

草平のおどけた調子に、みんなは大笑いする。

教室の入り口でじっとその様子を見ていると、信乃がこちらに気付いて誘《さそ》った。

「あ、雪ちゃん。雪ちゃんも来なよ。草平くん、おもしろいよ」

「――」

近付くわけにはいかない。

とっさに今図書室で借りた本を見て、

「あ、本、返さなきゃ」

と聞こえよがしに言い、背を向けた。

その不自然な態度に、草平は不満顔で首を傾《かし》げた。

「……あいつ、なんなの？」

「いつもはあんなじゃないんだけど」

信乃が困り顔で取りなした。

それから雪は、なるべく草平に近付かないようにした。

みんなとは遊ばず、教室の隅《すみ》で本を読んでやり過ごそうと思った。

なのに、避《さ》ければ避けるほど、草平は雪の近くにやってくる。

「なあ雪、あのさあ……」

「……！」

雪は読んでいた本を閉じ、逃《に》げるようにその場を立ち去った。

掃除《そうじ》の時間も、草平は雪を追い回した。

「雪……あのさあ」

「………！」

「おい、雪……」

ほうきで床《ゆか》を掃《は》きながら、逃げ回った。

なるべく教室にはいないほうがいいと考え、休み時間ごとに図書室に避難《ひなん》した。

だがそこへも草平は、執拗《しつよう》に追ってきた。

「雪……」

「…………！」

「……なあ、雪！」

走って図書室を出た。

大階段を途中《とちゅう》まで駆《か》け下りたところで、追ってきた草平に大声で呼び止められた。

「正直に言えよ！」

びくんと足が止まった。踊《おど》り場《ば》の鏡に不安な自分の顔が映っている。雪はなるべく平静を装《よそお》って見上げた。

「……なにを？」

「オレ、おまえになにかした？」

弱々しい声。草平も不安げな顔だった。

「なにもしてない」

「なにかしただろ」

「してないよ」

「オレが転校生だから気に入らないのか。そうだろ」

決めつけるような口調だった。

雪は思わず声を荒げた。

「だから違《ちが》うって！」

「じゃあなんで避けんだよ！」

「避けてないって！」

会話を打ち切って雪は一階へ下りた。心の中がひどく乱れているのを感じた。ひとりになりたかった。階段下の暗がりで、胸を叩《たた》いて小さく唱えた。
「『おみやげみっつ、たこみっつ。おみやげみっつ、たこみっつ』……」
草平の足音が聞こえる。「おい、待てよ」
逃げなきゃ。
でもこれ以上、どこへ逃げたらいいのか。
どこへ行けばこの苦しみから解放されるのだろう。
あてどなく一階の廊下《ろうか》を走った。
何かが胸の中で爆発《ばくはつ》しそうだ。
必死で抑《おさ》え込んだ。
おみやげみっつ、たこみっつ。おみやげみっつ、たこみっつ……。
こんなことは初めてだ。
どうしたらいいのかわからない。
わからない。
アルミサッシの扉《とびら》を開いて、アサガオの鉢《はち》が並ぶ校舎の外に出た。
なのにまだ草平は追ってくる。
校舎沿いを走り、再び中に戻ろうと別の扉に手をかける。

が、鍵《かぎ》がかかっていて開かない。

おみやげみっつ、たこみっつ。

草平がやってくる。

おみやげみっつ……。

もう逃げ場がない。

雪は、校舎の隅に背をつけ、しゃがれた声で叫《さけ》んだ。

「来ないでよ!!!」

自分でも驚《おどろ》くような醜《みにく》い声だった。

「……!」

びくんとした草平は、心配そうに手を伸《の》ばす。

「おまえ……」

「近付かないで!!!」

思わず突《つ》き飛《と》ばしていた。胸の中で暴力的ななにかが鎌首《かまくび》をもたげようとしている。封《ふう》じ込めなければならない。

「……なにすんだよ!」

「触《さわ》らないで!!!」

「おい雪！　雪!!」

雪の振《ふ》り回《まわ》した両腕《りょううで》を、草平が押さえようとする。

胸の中で、ついに何かが弾《はじ》けた。

だから、触らないで、って言ったのに。

体中の血液が沸騰《ふっとう》するような感覚。

校舎に、野獣《やじゅう》のうなり声が響《ひび》いた。

次の瞬間《しゅんかん》、鋭《するど》い爪《つめ》が草平の耳に突き立った。

草平は耳を押さえてしゃがみ込んだ。

血飛沫《ちしぶき》が、コンクリートに点々と染《し》みを作る。

「はあっ……はあっ……はあっ……！」

荒《あら》い息で、左手を見た。

おおかみの爪が、赤く染まっている。

雪はしばらくして、その爪が自分のものであることに、ようやく気がついた。

花は、仕事の途中で学校に呼び出された。今までにないことだった。雪が同級生の誰《だれ》かに怪我《けが》をさせたという。無理を言って早退させてもらうと、ジムニーを走らせ小学校へ向かった。

緊張《きんちょう》して校長室の扉を開けた。

「すいませんお仕事中に」

担任の田辺が出迎《でむか》えた。校長は後ろ手に組んだまま花を見ただけだった。重苦しい空気がたちこめていた。応接用のソファの端《はし》に座る雪の後ろ姿が見えた。そこから離《はな》れたもうひとつのソファセットの端に、少年が母親と一緒《いっしょ》にうつむいて座っている。その頭には包帯が巻かれている。

気が遠くなった。

母親が、少年の脇《わき》を持って立ち上がり、こちらを睨《にら》みつけた。

「頭からどれだけ血が出たと思います？」

「耳だよ」

少年は母親の手を振りほどいた。

花は、雪の前に行き、膝《ひざ》をついてしゃがむと、顔を覗《のぞ》き込んだ。

「雪」

雪は、目を合わせない。髪《かみ》がぐしゃぐしゃに乱れ、憔悴《しょうすい》したようにうつむいたままだ。

田辺が傍《かたわ》らのソファに手をかけた。

「何を訊《き》いても黙《だま》ったままでして」

「本当に怪我させたの？」

「──」

「謝ったの？」

「──」

雪は、唇《くちびる》を噛《か》んで顔を背《そむ》ける。

謝っていないことは明白だった。

花は、静かに言った。

「謝って」

「──」

「謝りなさい」

穏《おだ》やかに、だがはっきりと言い、立ち上がった。

雪も、観念したように立ち、それから消え入りそうな声で言った。

「……ごめんなさい」

それを見届けると、花は母親に向き直り、深々と頭を下げた。

「申し訳ありませんでした」

校長が、母親のほうを向いた。

「というわけで草平君のお母さん、治療費《ちりょう》等は学校の保険でおりますので――」

だが母親はさきほどから微動《びどう》だにせず、花を睨みつけたままだった。

「まさか頭下げれば済むと思ってるんじゃないでしょうね」

場の空気が凍《こお》り付いた。

頭を下げ続ける花に、母親は続けた。

「万が一、耳が聞こえなくなったらどうするつもりだった？　子供のやったことは親の責任でしょ。借金してでも家売ってでも償《つぐな》ってくれます？」

怒《いか》りに任せて大声を浴びせる母親を、校長が取りなした。

「まあとにかくここじゃあれですから」

「そこをどう考えてらっしゃるのかお聞きしないと」

そのやりとりをうつむいて聞いていた草平が、ぽつりと呟《つぶや》いた。

「オオカミ」

「え？」

母親が聞き直す。

草平は、床を見つめたまま、言った。

「オオカミがやったんだ」

花は、ハッとなった。

雪は、顔を背けて黙っている。

草平は、ここにいる者全員に、はっきり言った。

「やったのはオオカミだ」

「草平？　あんたなに言ってるの？」

母親が戸惑《とまど》って草平の肩《かた》を揺《ゆ》らした。が、草平は母親を見ず、ただ床の一点を見つめていた。

「…………!!!」

花は、顔を上げることができなかった。

四年生の教室は、騒然《そうぜん》となっていた。

「なんで来ないの？」

「頭に包帯だって」

「うそーマジ？」

「やめなさいよ」

「雪ちゃんがそんな」

雪が田辺先生とともに教室に入ると、しんとなった。

子供たちは素早《すばや》く自分の席に戻《もど》り、ことの成り行きを息をのんで見守った。

乱れ髪のまま自分の席に向かう雪の姿は、まるで白昼の幽霊《ゆうれい》のように見える。

好奇《こうき》の目と、哀《あわ》れみの目が行き交《か》う。

子供のひとりが田辺先生に訊いた。

「草平君はどうしたんですか」

「早退しました」

「なんでですか」

「怪我をしたので」

「どうして怪我をしたんですか」

「それはですね」

「誰が怪我させたんですか」

「えーと」

「――！」

やっとのことで座りかけた雪だったが、いたたまれなくなり、弾《はじ》かれたように教室を出ていく。

再び教室は騒然となった。

「静かに！　みんな静かに!!」

田辺先生があわてて制止するが、喧噪《けんそう》はいつまでも収まらなかった。

駐車場《ちゅうしゃ》の車の中で、花は雪を待っていた。

かばんを取りに教室に戻ったはずだったが、雪は何も持たずに助手席に座ると、そのまま黙ってしまった。

花も、何も言わなかった。車を出さないでじっと待った。ただアイドリングのエンジン音だけが低く鳴っていた。

しばらくして、雪が口を開いた。

「効かなかった」

「——」

「おまじない。何度試《ため》しても」

「——」

「もう、学校、追い出されちゃうかな？」

「――」

「もう、あのおうちも住めなくなる?」

花は、雪を見た。

「……ごめんなさい」

鼻水と涙《なみだ》で、ぐちゃぐちゃの顔だった。

「ごめんなさい、かあさん、ごめんなさい」

謝りながら、大声で泣いた。

花は、運転席から手を伸ばして、雪をしっかりと抱《だ》きしめた。

「いいのよ泣かなくて。もういいの。だいじょうぶ、だいじょうぶ」

落ち着くまで、花は雪を抱きしめ続けた。守ってあげられるのは自分しかいない、と改めて思った。たとえ世界の外側にはじき出されたとしても。

殺風景な小学校の駐車場に、赤いジムニーは長いあいだ、とどまり続けた。


それから雪は、学校に行かなくなった。一日中、布団《ふとん》にくるまって、顔も見せなかった。

食事もろくにとらなかった。

花は、雪のしたいようにさせようと思った。

少年の、あの一言を思い出す。

――やったのはオオカミだ。

以前から、こういう事態になるかもしれないことを、花は密《ひそ》かに覚悟《かくご》はしていた。だが、いざその場になってみると、いままでうまくやれていたことが奇跡《きせき》のように思えてくる。

やはり、おおかみおとこのこどもが、人間の社会になじむのは無理があるのかもしれない。

越《こ》してきて四年。やっとこの土地になじみ、仕事も安定したところだった。だが、またどこかへ移ることを考えねばならないかもしれない。

でもどこへいけばいいのか。

私たち家族が、安心して暮らせる場所はないのだろうか。

しばらくしたある日、仕事から戻ると、誰《だれ》かが家の様子をうかがっているのを見た。頭に包帯を巻いている。

草平だった。

こちらを見つけるとびくっとして振《ふ》り返《かえ》り、逃《に》げるように走り去った。

「草平くん？」

花は急いで車を降りたが、後ろ姿を見送るしかなかった。

草平は、玄関先《げんかんさき》に何かを残していた。

授業で使うプリントだった。

花は、寝室《しんしつ》のふすまを開け、そのプリントを見せた。

「プリント。草平くん」

雪は、何も言わずに布団にもぐり込んだ。

それから毎日、給食のパンだの、ミカンだのが玄関先に置かれてあった。

花はそれをいちいち、雪に見せ、

「草平くん」

と、付け加えた。

雪は何も言わなかった。テーブルの下で、あるいはミシンの下で、膝《ひざ》を抱《かか》えたままだった。

職場が休みの日に畑仕事をしていると、畦《あぜ》の向こうを草平が歩いていくのが見えた。

「草平くん」

呼びかけると、ビクッとしたようにこちらを見た。包帯は既《すで》に取れて、耳のガーゼだけになっていた。

「今日は信乃ちゃんのおうちに遊びに行ってるの」

「そうですか」

「あ、ちょっと待って」

花は呼び止め、草平を家に招き入れた。

草平は、落ち着かない様子でダイニングの椅子《いす》に座り、家の中をきょろきょろ見回している。

「遠かったでしょう」

と、花は草平の前にジュースを置いた。

「毎日来てくれてありがとう」

「……雪が学校に来なかったら嫌《いや》だし」

草平は、座り直して神妙《しんみょう》にうつむいた。

向かい合わせに花は座って、微笑《ほほえ》んだままテーブルに肘《ひじ》をついて両手を組むと、前から訊《き》きたかったことを尋《たず》ねた。

「……あのさ、あのとき、『オオカミがやったんだ』って言ってたよね。あれ、どういう意味？」

「あれは、つまり——信じないかもしれないけど」

草平は言いにくそうに下を向いた。「——あのとき、一瞬《いっしゅん》オオカミが見えて、それで気がついたら怪我《けが》してて……。だからやったのはあのオオカミだから……」

そして、顔を上げて素直に言った。

「つまり雪は悪くないって意味」

そしてまた自信なげに下を向いた。「……なんかみんな、なにバカなこと言ってんだって言うけど……」

言い終わると、ジュースを手に取ってストローで飲んだ。

「そっか……もうひとつ訊いていい？」

花は、手を組《く》み替《か》えた。

「おおかみは、嫌《きら》い？」

草平はちょっと考えて、ジュースをテーブルに戻した。

「別に嫌いじゃない」

その答えに、花は安心したように手を下ろして笑った。

「フフフ。わたしと一緒《いっしょ》」

花は、この男の子のことが気に入った。

このことは、雪には伝えなかった。しかし、草平がああいう子なら、きっと雪のいい友達になってくれるだろうと思った。今まで胸につかえていた重苦しいものが、すっと軽くなった気がした。

雪は、また学校に行く、と自分から言い出した。今までずいぶん迷っていたようだったが、とうとう覚悟を決めたらしかった。行っていい？　と花に訊いた。もちろん。雪がそう決めたなら、と花は答えた。

朝、ランドセルを背負って、雪は玄関を出た。

家の前に、草平が立っていた。

緊張《きんちょう》してこわばる雪に、草平が口を開いた。

「あのさ——これ、見たい？」

と、耳のガーゼに手をかけた。

雪は、なんと答えていいのかわからない様子だった。

が、答える間もなく、勢いよくガーゼをはがした。

「……つー」

痛そうに耳を押さえると、雪に耳の傷を見せた。

「かっこいいだろ」

雪は、傷口をじっと見た。大きなかさぶたになっている。ひょっとしたら、ずっと消えない傷かもしれない。雪は申し訳なさそうな顔をした。

「触《さわ》る？」

不意に草平が言って、招くように手を伸《の》ばした。

雪は、一瞬躊躇《ちゅうちょ》したが、おそるおそる草平の傷に手を触《ふ》れた。

「──痛くない？」

「かゆい」

下ろした雪の手を、草平がじっと見ている。何かを確かめられている気がしたのか、さっと手を隠《かく》すと、先に歩き出した。

「行こ」

草平は雪のあとをついて歩き出した。

花は、そのふたりのやりとりを玄関先で見守っていた。後ろ姿を見送りながら、もうあの子たちはだいじょうぶだと思った。あとは本人たちに任せればいい。

その脇《わき》を抜《ぬ》けて、雨が玄関先から出て行く。

「行ってきます」

花は、雨を目で追った。「どこ行くの？」

「先生んとこ」

「誰先生？」

「先生は――先生」

「――わかった。ひとりでだいじょうぶ？」

「うん」

「気をつけて」

「うん」

「遅《おそ》くならないように」

「うん」

花はもっと訊きたいことがあったのだが、雨がずんずん行ってしまったので、諦《あきら》めて見送るしかなかった。

午後、買い物の途中《とちゅう》で韮崎《にらさき》家に立ち寄り、韮崎のおばさんと茶飲み話をした。

「雪ちゃんは？」

「今日から学校」

「そりゃよかったね。雨ちゃんは？」

「行ったり、行かなかったりかな」

と、昼ご飯で家に帰っていた韮崎が顔を出す。

「いいんだそんなもの。小学校から学校に行かなかった奴《やつ》は見所がある。エジソンとワシがそうだ」

「またいいかげんなこと言って」

おばさんは呆《あき》れ顔《がお》でつぶやく。

花は、仕事に戻《もど》る韮崎の背中を見送った。

「そういえば誰か山に住んでる？」

「山？」

「先生のところに行くって、雨が。てっきりおじいちゃんのことかと」

「さーてね。農繁期《のうはんき》に山に入る人なんているかね？」

言い終えると、韮崎のおばさんが茶を音を立ててすすった。花は、ほかに思い当たる人がいるだろうかと考えたが、誰も思いつかなかった。

雨は、ひとりで山に出かけ、戻ってくるとその日あったことを話した。

イワイチョウやゴゼンタチバナが花をつけたこと。モリアオガエルの卵が孵化《ふか》した瞬《しゅん》間《かん》に立ち会ったこと。長時間歩いても、あまり疲《つか》れなくなってきたこと。それらのことをすべて先生から教わったこと。

「先生はね、なんでも知ってるんだ。山のことなら何でも」

いきいきとしたその姿に、花は驚《おどろ》いた。

引っ込み思案で気難しい雨が、大人と仲良くするなど今までなかった。心なしか、たくましくなったようにすら見える。それは花にとって、とても喜ばしいことだった。

それにしても、先生とはどんな人だろう。

雨を変えてくれた人に、花も会ってみたかった。

「今度、うちに連れてきてよ」

畑仕事の手伝いをする雨に、花が提案した。

「お礼もしたいし、それに――」

「先生は人間とは会わないよ。イノシシやクマみたいに、里には下りないんだ」

「……え？」

花は、呆然《ほうぜん》と雨を見た。

雨は静かに言った。

「でも、かあさんにならいいかな」

雨のあとについて、花は山に入った。

登山道からすぐに脇にずれて、深い森の中をひたすら歩く。地図にも載《の》ってないような険しい道を、まるで近所を散歩でもするように雨はずんずん進んだ。その背中を追うだけで、花はすっかり息が切れてしまった。

やがて、太い木の根が張る獣道《けものみち》で、雨は立ち止まった。

荒々《あらあら》しい杉《すぎ》の巨樹《きょじゅ》の根元で、先生がじっとこちらを見つめている。

雨の先生とは、野生のアカギツネであった。

「……！」

花は息をのんだ。

「先生は、このへんの山全部をまとめる主だよ」

淡々《たんたん》と雨が説明した。

我に返った花は、

「あ……雨がいつもお世話になっております」

と、あわててバッグの中から風呂敷《ふろしき》を取り出した。

手土産《てみやげ》として携《たずさ》えたのは、熟した桃《もも》と、油揚《あぶらあ》げだった。

先生は悠然《ゆうぜん》と降り立ち、油揚げの匂《にお》いをほんの少し嗅《か》いだ。そして桃だけを咥《くわ》えると、軽《かろ》やかに杉の根元に跳《と》び移《うつ》り、岩のあいだに消えた。

いつのまにか、おおかみの姿になった雨も岩に登り、先生のあとを追った。

「行ってきます」

とでも言うように、すこしだけこちらを振《ふ》り返《かえ》った。

花は、雨を見送ったあとも、呆然とそこに立ち尽《つ》くしていた。

目前の光景が、いまだに信じられなかった。


かつて自然観察の森で、シンリンオオカミは雨に言った。

自分は森のことは何もわからない。何も知らないで生きてしまった。だから、何も伝えることがない。だがひとつ言えることがあるとしたら、ここにいてはだめだ。もしも何かを学びたいなら、檻《おり》の中の年老いたオオカミの相手をするよりも、野に出るべきだ。

雨は、シンリンオオカミの言葉に従い、山に行った。

最初のころ、雨は途方《とほう》に暮れた。山を一日中歩き回っても、得るものは何もなかった。ただ夕日を眺《なが》めて終わるだけだった。雨が求めるものを与《あた》えてくれそうな存在は、どこにもいなかった。

いま、日本に野生のオオカミはいない。

そのことを雨は、よく承知していた。オオカミとしての正統な生き方を学ぶことは、もともと無理な環境《かんきょう》だった。雨が習うべきオオカミは、どこにもいない。

だが、かわりに「先生」と出会ったのだ。

アカギツネの中でも、先生はやはり少し変わっているかもしれない。オオカミの子を、自分の生徒として受け入れたのだから。オオカミを従えるアカギツネなど、世界中どこを探しても見当たらないであろう。

雨が年上の知己《ちき》を得たことは、幸いであった。

先生と出会って、雨の世界が一気に広がった。

今まで知りたかったことを、すべて先生は知っていた。

雨は今まで、自分が何を知りたいかさえわからなかった。だが先生と出会って、自分が何を求めているのかが鮮明《せんめい》になっていった。知れば知るほど新しい疑問が次から次へと湧《わ》き出た。

先生は寡黙《かもく》だった。

ただ自分と、山の姿を見せるだけだ。

しかしそのひとつひとつが、雨にとっては衝撃《しょうげき》だった。

いつか学校の図書室で読んだ本にあった「野生動物の生態」などとは、まるで違《ちが》っていた。

人間が人間の視点で理解し書き記した「自然」なるものと、実際いまそこにある「世界」とは、大きな隔《へだ》たりがあった。

雨は、先生の視点を借りて、それをつぶさに見知った。

例えばブナの木を、先生は別の名前で呼んだ。シャクナゲやリンドウにも別の名前があった。雲にも風にも雨粒《あまつぶ》にも夕日にも別の名前があった。その名前の由来は、今まで雨が理解していたものとは全く別の体系で組み立てられ、全く別の意味を持っていた。

その中には、人間の言葉では翻訳《ほんやく》できないような事柄《ことがら》もあった。ある事柄について、対応する人間の言葉がないことを雨が説明すると、先生はひどく不思議がった。それなくしてどうやって生きていくのか、と先生は言った。雨は、体中を電流が走るような衝撃を受けた。

全く新しい世界が、雨の目前に立ち現れた。

やがて雨は、心の奥底に潜《ひそ》む本当の問いに行き着いた。

自分は、なぜオオカミとして生まれてきたのか。

そして自分は、なにを目指して生きるのか。

花は、饒舌《じょうぜつ》に話す雨を、呆然と見ていた。

山で見たこと、知ったことを、興奮して伝えようとしている。

その内容は、自然観察の森で働き学ぶ花にすらわからない植物や昆虫《こんちゅう》のことも、多々あった。慌《あわ》てて図鑑《ずかん》を繰《く》るが、該当《がいとう》する項目《こうもく》は見当たらない。雨は、その特徴《とくちょう》と生息する場所の特徴を詳細《しょうさい》に説明し、メモを取るように促《うなが》した。語っても語り尽くせないとでも言うように、次から次へと楽しそうに話した。

そんな雨のいきいきとした横顔を見て、花は自分もなんだか満たされた気分になった。学校に行かないのは確かに問題かもしれないけれど、それよりも雨にとって大事なことを自分自身で見つけたのだと思った。雨は雨らしく、のびのびと過ごしてくれたらそれでいい。

こどもの成長と変化が、こんなにも嬉《うれ》しい気持ちにさせるものなのだろうか。

花は、不便だが山奥に引《ひ》っ越《こ》してよかった、と思った。

雪は、夕食後のダイニングテーブルでイライラしていた。

雨はいつになくおしゃべりで、こちらが宿題をしているのにもかかわらず、自分勝手に喋《しゃべ》り続けている。

「──雪も、先生のところで教えてもらおうよ。狩《か》りの仕方、上達するよ。森を全速力で走るにはコツがいるんだ。それに地形の読み方なんかもね。勉強になるよ。沢《さわ》の見つけ方や天気の変化、それになわばりのことやお互《たが》いの気遣《きづか》いなんかも──」

「行くわけないでしょ」

「なんで」

宿題の手を止めて雪が言った。

「あんたこそなんで学校来ないの」

「おもしろいんだもん。山。知らないこといっぱいあるから」

「知らなくていいの」

「なんで」

「いいから学校来なさいよ」

「……嫌《いや》だ」

「なんで」

「おおかみだから」

当然のように雨が言った。

「人間でしょ」

押さえつけるように雪が言った。

「おおかみだろ」

対抗《たいこう》して、断定するように雨が言った。

「——」

雪は何かを言おうとして、言葉を飲み込んだ。

「もう絶対おおかみにならないって決めたの」

冷静になろうとして自分に向けるように言うと、宿題に戻《もど》る。先日、学校でどれだけ辛《つら》い目にあったかを、雨が知らないはずはない。苦しんで、母に迷惑《めいわく》をかけて、それでもようやくなんとか乗り越えたのだ。いや、今だって薄氷《はくひょう》を踏《ふ》むような思いで毎日学校に行っている。それでも自分は生きていくのだ。おおかみではなく、人間として。そんな自分の気持ちを、なぜ雨は慮《おもんばか》らないのかが不思議でならなかった。わざわざ言わなくてもわかることではないか。

なのに雨は、

「なんで」

と、しつこく訊《き》く。

「——」

「ねえ、なんで」

「人間だから！　いい⁉　人間だから‼」

「だからなんで」

「なんでなんでってうるさいのよ」

「雪はおおかみだろ。おおかみのくせに——」

「うるさい‼　何にも知らないくせに‼」

「なにが‼」

次の瞬間《しゅんかん》、雪は、カッとなって雨を平手打ちした。

「明日《あした》学校に行かないと許さないよ‼」

雨は、ほおを押さえながらぎろりと雪を睨《にら》みつけた。いままでなら常に雪が雨を言い負かす。だがこの日、雨は譲《ゆず》らなかった。

「嫌だ‼」

「許さないから‼」

「嫌だ!!!」

雨は叫《さけ》ぶと、力任せにダイニングテーブルをひっくり返した。雪は押されてテーブルごと倒《たお》れ込んだ。マグカップが床《ゆか》に落ちてバラバラに割れた。

ハッと身を起こすと、いつのまにか雨が半獣《はんじゅう》の姿になっている。瞳《ひとみ》に静かな怒《いか》りを漲《みなぎ》らせて。

雪はテーブル越しに身構えた。

「……やる気？」

風呂《ふろ》の準備をしていた花は、家の中で響《ひび》く大きな物音に、顔を上げた。

「なに？　何の音？」

慌てて台所に駆《か》け込み、息をのんだ。

無惨《むざん》に横倒《よこだお》しになった椅子《いす》とテーブル。食器棚《だな》のガラスは割れて床に散乱している。

その中、大型の二匹《ひき》のケモノが激しく争う姿があった。

ガルルルルッ……グゴォォッ！……ガルルルルルルッッ……！

恫喝《どうかつ》のうなり声の応酬《おうしゅう》が、空気を震《ふる》わせる。

髪《かみ》を振《ふ》り乱《みだ》し、牙《きば》をむき出しにして、互いを傷つけ合っている。

ケモノの一方は、雨。

そしてもう一方は、雪だった。

「……雪⁉……雨⁉」

馬乗りになった雪は、雨に蹴《け》り上げられ、壁《かべ》にしたたか体を打ち付ける。覆《おお》い被《かぶ》さろうとする雨を寸でのところでかわし、身を翻《ひるがえ》して流しの上に退避《たいひ》した。さっき洗ったばかりの食器や鍋《なべ》が盛大《せいだい》に蹴散《けち》らされる。一旦距離《いったんきょり》を取りたい雪は、勉強部屋に逃《のが》れようと扉《とびら》に突《つ》っ込んだ。すりガラスが衝撃で粉々になり、破片《はへん》があられのように降り注ぐ。それでも雨はかまわず激しく追撃《ついげき》する。勉強部屋の闇《やみ》の中でも争いは続く。木が暴力的にへし折られるような乾《かわ》いた音が何度も響く。

「やめなさいふたりとも‼」

花の精一杯《せいいっぱい》の制止も、全く耳に入らない。

バタンッ、と納戸《なんど》側の木戸が大きな音を立てて倒れた。雪は押し飛ばされたように勉強部屋から転がり出る。雨の容赦《ようしゃ》ない攻撃《こうげき》に堪《た》えかねて、畳《たたみ》の上を足を滑《すべ》らせながら座敷《ざしき》奥へ急ぐ。が、振り返りつつであったため正面のミシンに体ごと衝突《しょうとつ》してしまう。重いミシンがどしんと倒れて畳にめり込む。雨は猛然《もうぜん》と追いつくと、雪の首元を狙《ねら》いすまし鋭《するど》く嚙《か》み付いた。雪は痛みにギャッと声を上げる。もみ合いながらの激しい争いが座敷いっぱいに繰り広げられる。

雪は、いつの間にか強くなった雨に驚《おどろ》き、圧倒《あっとう》されている様子だった。反撃に転じる暇《いとま》もない。こんなにも自分が追い込まれていることが信じられないように。

雪は長い縁側《えんがわ》を一気に駆け抜《ぬ》けた。ところが雨の驚くべき脚力《きゃくりょく》がすぐに雪を捕《つか》えた。雪はたまらず転び、体を折るように回転したまま、玄関《げんかん》横の引き戸に激突した。執拗《しつよう》な雨の攻撃に、雪は必死に広間へと逃れようとする。

「やめて雪！　雨!!」

花は懇願《こんがん》するように叫んだ。

なのに、その声はおろか、母親の姿すらまるで目に入っていないかのように、雨は恐《おそ》ろしい速度で所狭《ところせま》しと雪を追い回す。それでも頼《たよ》りなく歩み出た花だったが、

「やめて……あっ！」

走る雨にちょっとかすっただけで弾《はじ》き飛ばされ尻餅《しりもち》をついた。目前で、二匹は大広間の隅《すみ》の本棚に突っ込んだ。ドオオォン！　と大音量とともに家全体が揺《ゆ》れた。本が投げ出された夏ざぶとんは四散し、一輪挿《いちりんざ》しのキンポウゲと彼の免許証《めんきょしょう》が宙を舞《ま》った。

ついに雪は逃《に》げ場《ば》を失った。

雨は、強靱《きょうじん》な前足で雪を床に押し付けると、容赦なく首元を狙ってかぶりついた。雪の毛が血にまみれる。

ギャン！　という甲高《かんだか》い悲鳴が響く。

それでも雨は、まったく手を緩《ゆる》めることがない。耳を、鼻を、腕《うで》を噛みちぎらんばかりに牙を剝《む》いて見せつける。何度も、何度も。

まるでどちらが上かを判《わか》らせようとしているように。

「あ……ああ……」

花は、その凄惨《せいさん》な光景に、言葉もなかった。

一方が圧倒的な暴力を用いて、もう一方をねじ伏《ふ》せている。

残酷《ざんこく》なほどに優劣《ゆうれつ》が証《あか》し立てられていた。

苦しむ雪は体をくねらせて這《は》い出ると、弱々しい声を上げて囲炉裏《いろり》部屋へと敗走した。動揺《どうよう》で炉縁《ろぶち》につまずき、炉の灰煙を巻きあげ、そのまま つんのめって奥に積み上げた薪《まき》に突っ込むという醜態《しゅうたい》をさらした。悠然《ゆうぜん》とやってくる雨を見て、恐れをなしたように風呂場に飛び込む。

戸が閉まり、ガチャリと内から鍵《かぎ》をかける音がした。

その音が、争いの終わりだった。

静寂《せいじゃく》が戻った。

「雨……雪……！」

花が遅《おく》れて囲炉裏部屋にやってきた。

「……！」

体が硬直《こうちょく》し、足が止まった。

風呂場のスリガラスの前。

雨が、ゆっくりと身を起こした。

傷だらけの肌《はだ》。たくましく、しなやかな筋肉。

人間の姿に戻っていた。

だが、乱れた髪の奥に光る瞳は、野獣《やじゅう》のままだった。

「………雨………？」

花は、自らの子の名を呼んだまま、そのあとを続けることができなかった。

風呂場の奥で、すすり泣く雪の声が、静かに聞こえた。


そのあと、花はひとり黙《だま》って片付けた。

家の中は、まるで嵐《あらし》が通過したあとのようだった。あらゆるガラスが割れ、戸や茶箪笥《ちゃだんす》はことごとく倒れ、食器や鍋が思わぬところまで飛ばされていた。

雪のワンピースは、見るも無惨に引《ひ》き裂《さ》かれていた。畳にいくつもの爪痕《つめあと》が生々しく残っていた。それらは、姉弟《きょうだい》が進むそれぞれの道の違《ちが》いを示しているように思えた。誰《だれ》も押さえつけることができない段階がすぐそこまで迫《せま》っていることを悟《さと》った。

散乱した本の下に、彼の免許証を見つけた。

本棚の元の位置に置き直した。

彼はいつもどおり、免許証の中で微笑《ほほえ》んでいた。

「……雪も雨も、自分の道を歩き始めている……」

こどもらの成長を誰よりも願っていたのは、花だった。それぞれが自分の歩む道を見つけるために、様々な努力をしてきたはずだった。

なのに――。

「望んでいたことなのに、どうしてこんなに不安なんだろう……」

彼は、答えてはくれない。

「ねえ……、どうして？」

いくら問いかけても、彼はただ微笑んでいるだけだった。

4

雨が降り続いている。

家々に、畑に、野に、山に――。

花《はな》たちが越《こ》してきて、七年目の夏である。

記録的な集中豪雨《ごうう》が、何度もこの地方を襲《おそ》った。

もともと雨が多い土地ではある。日本海から大量の湿気《しっけ》を吸った空気が流れ込み、山脈にぶつかって雨を降らす。冬には凍《こお》って、雪になる。大量の水分は根雪として山に蓄《たくわ》えられ、春先から雪解け水として田畑を潤《うるお》す。夏には山脈のおかげで台風もやって来ない。稲《いね》は実りに実り、有数の米所となる。稲作《いなさく》にとって有益な地形的要素を備えている。

だが何年に一回か、日本海の湿気がいささか多すぎることがある。それが冬ならば豪雪《ごうせつ》となり、この地域を陸《りく》の孤島《ことう》にするまで白く埋《う》め尽《つ》くす。そして夏ならば梅雨前線を停滞《ていたい》させ、天候不順を引き起こす。

日照量の不足は、作物の生育不良につながる。

だがそれだけではない。減反《げんたん》政策で田を畑に転作した農家も多いが、本来稲作向きの粘《ねん》土《ど》質の土では、もともと排水《はいすい》不良に陥《おちい》りやすい。集中豪雨になると排水路の水かさが増して溢《あふ》れ、作物を水没《すいぼつ》させてしまう。

結果、その年は不作、ということになる。

花の畑も、休耕田を転作した畑だったので、この災《わざわ》いから免《まぬか》れることはできなかった。春植えの野菜は、壊滅《かいめつ》的、と言ってよいほどの打撃《だげき》を被《こうむ》った。わざわざスーパーマーケットで買い物をしなければならなかった。高騰《こうとう》した野菜の代金は当然のように家計を圧《あっ》迫《ぱく》した。

そのうえ集中豪雨は、土石流や崖崩《がけくず》れ、地滑《じすべ》りを引き起こす。自治体は土砂《どしゃ》災害危険箇《か》所《しょ》を指定してはいるものの、引き起こされる場所の予測はきわめて困難である。畑が埋まってしまっては、不作どころではない。

里にも、今度の集中豪雨で田や畑が土に埋まってしまった家が何軒《けん》もあった。

雨の晴れ間に、隣近所《となりきんじょ》で協力して土砂を取り除いた。

「前の晩、木の根が切れる音がしたと」

「家まで飲み込まれなくてよかったけど」

「休耕田は、畦《あぜ》が崩れて荒《あ》れ放題《ほうだい》だからなあ」

土肥《どい》のおじさんと堀田《ほりた》のおじさんが、顔を見合わせてため息をついた。

危険と思われる別の畑や田では、地畦に杭《くい》を打ったり、新たに石を積んで井堰《いせき》を作る必要がありそうだった。

集中豪雨の影響《えいきょう》は、人の住む場所だけではなかった。

山の奥深くでも、大規模な土砂崩れがいくつも起こっていた。

雨《あめ》は、頻繁《ひんぱん》に森に入り、そのひとつひとつをつぶさに見て回った。

まるで凶暴《きょうぼう》な怪物《かいぶつ》が暴れ回ったように、無数の木々がなぎ倒《たお》されていた。凄《すさ》まじい力でえぐり取られたような崖崩れの跡《あと》から伏流《ふくりゅう》水が滝《たき》のように噴出《ふんしゅつ》し、表層の腐葉土《ふようど》を根こそぎ洗い流していた。かつて見つけた美しく豊かな場所のいくつもが、見るも無惨な姿に変わり果てていた。

数多くの野生生物の死体を目撃した。雨は、そのむくろを見つけるたびに、いちいち土に埋めた。埋めても埋めてもおびただしい数の死体は尽きることがなかった。

この豪雨が山の動植物に与《あた》えている影響は、計り知れなかった。いったん破壊されれば、元《もと》に戻るには気が遠くなるほどの年月がかかる。

またひとつ、倒木《とうぼく》のあいだに、巣ごと落ちて死んだ雛《ひな》を見つけた。

「──」

雨は、いつまでもそれを見つめ続ける。

死んだ雛と、自分を重ね合わせた。


花は、ずっと玄関を見つめている。

このところ、雨の帰りが遅《おそ》くなっていた。言葉数も少なくなった。帰ってくるたびに、花はどきりとした。子供にふさわしくない精悍《せいかん》な顔つきになっていた。背丈《せたけ》まで急激に伸《の》びだしているようだった。

小雨の降る遅い午後の日本家屋は、とても暗い。

黙々《もくもく》とオオカミのぬいぐるみのほつれを繕《つくろ》いながら、無邪気《むじゃき》だった頃《ころ》のこどもたちを思い出す。ふたりとも、このぬいぐるみを抱《だ》かねば眠《ねむ》れなかった。そのため何度も頻繁に補修したものだ。

しかしやがてぬいぐるみはふたりの手から離《はな》れ、いつの頃からか、学習机の隅に置かれっぱなしになっていた。

花は、ここのところ常に、心の奥底にどんよりとした不安を抱《かか》えるようになっていた。

それは2年前の、あの壮絶《そうぜつ》な姉弟喧嘩《きょうだいげんか》に端《たん》を発したものだった。それ以前は、こどもたちの成長と自立を素直《すなお》に願っていた。なのに今では全く逆のことを、つい考えてしまう。いつか自分も、このぬいぐるみのように役割を終える時が来るのだろうか。

玄関《げんかん》に目を戻すと、帰ってきた雨の姿が見えた。

「……雨！」

花は、弾かれたように立ち上がった。

ずぶ濡《ぬ》れの雨は、鋭《するど》い目つきのまま、家に上がる。

「いままでどこ行ってたの！」

玄関に飛び出した花は、雨の肩《かた》に触《ふ》れて、ハッとなった。

肌が氷のように冷たい。

「待って。今お風呂《ふろ》沸かすから」

浴室に向かおうとしたとき、雨が、床《ゆか》の一点を見つめたまま、低くつぶやいた。

「先生が――、足を悪くして動けない。たぶん、もうすぐ死ぬ」

「――」

「今まで先生がしてきたことの代わりを、誰かがしなきゃならない」

決してそれらの言葉は、花に向けられたものではなかった。まるでひとりごとのように。

自分で声に出して確認《かくにん》するように。

花は、不安に押しつぶされそうだった。

いたたまれず、一転して険しい顔を向けると、

「……雨！　もう山に行っちゃダメ！」

と、言い聞かせるように肩をつかんで激しく揺《ゆ》らした。

が、雨はその言葉が耳に入っていないかのようだった。いくら揺らしても、ただ髪《かみ》から水滴《すいてき》が落ちるばかりだった。

花はそれでも強く言った。

「いい？　あなたはまだ10歳なの！　子供なの！　たとえおおかみの10歳が充分《じゅうぶん》な大人でも、あなたは——」

自分で言って、絶句した。

この子は、おおかみなのだ。

人よりも、ずっと早く成長するのだ。

そんなこと、最初から判《わか》っていたことではないか。

雨脚《あまあし》がまた強くなった。

ざあああああ、としぶきのような音が、玄関に響《ひび》き渡《わた》った。

願うように両手を握《にぎ》りしめた。

「……お願い。もう山へは行かないで。おかあさんの、お願い」

「――」

雨は、ようやく我に返ったように、花を見上げた。


放課後の体育館に、眩《まぶ》しい西日が射《さ》している。

男子たちが、バスケットボールの2ON2に興じている。草平《そうへい》が両手で交互《こうご》にドリブルしつつ、相手の隙《すき》をうかがっている。

雪《ゆき》は、体育館の隅《すみ》でそれを、見るとはなしに見ていた。

この春から6年生になった。背丈は花ほどに近付いていた。体つきも変わり、子供時代を終えようとしているのが自分でもわかった。それに合わせて花に新しいワンピースを仕立ててもらった。濃紺《のうこん》の生地《きじ》とシンプルな形は、いささか大人っぽすぎるかもしれなかったが、雪の長い手足をよく引き立てた。

ボールをキープする草平は、バックチェンジでフェイントをかけ、素早《すばや》くディフェンスを抜《ぬ》いた。ゲームは明らかに草平が支配している。自信にあふれた顔。変声期途中《とちゅう》のかすれた低い声。

雪は、物憂《ものう》げに目線を外してうつむいた。

それには理由がある。先ほど、女子たちのうわさ話を、偶然《ぐうぜん》に聞いてしまったのだ。

「そういえば知ってる？」

「何を？」

「うちの親が話してるの、聞いちゃったんだけどさ」

「うん」

「草平くんのお母さん、結婚《けっこん》するんだって」

「えー？　うそー」

「なんで？」

「美人だからでしょ」

「じゃあ草平くん、新しいお父さんができるんだ」

「よかったじゃん」

「でもね」

「え？」

「草平くん、そのこと知らないんだって」

「えーっ⁉」

「なんで？」

「いい？　絶対に秘密だからね」

——秘密。

どうしてそんなに重大なことを、草平は知らせてもらえないのだろう。あの厳しそうな母親にどんな事情があるのか。雪には想像もつかない。なにより、どうして本人よりも先に、自分も含《ふく》めた関係のない周囲が知ってしまうのだろう。秘密とは、一体なんなのだろうか。

ガンッ！

その音に、雪はハッと我に返った。

ゴールネットが揺れている。草平がシュートを決めて、いきいきとした笑顔《えがお》を見せている。

雪は、いたたまれない気持ちになった。

ランドセルを背負うと、足早に体育館をあとにした。

ゆるやかに揺れる木々の影《かげ》が、真夜中の寝室《しんしつ》に落ちている。

雨は、ひとり上半身を起こした。

ゆっくりと立ち上がり、音もなく蚊帳《かや》を出た。
静かに寝室のふすまを閉めるとき、ふと手を止めて振《ふ》り返《かえ》った。
蚊帳の向こうに、花の寝顔《ねがお》があった。枕元《まくらもと》に、読みかけの本が置かれたままにある。
雨はしばらく、それを見つめていた。
玄関へ行き、音を立てずに扉《とびら》を開ける。
夜の光が、足元に差し込んだ。
雨は、そこに佇《たたず》んだまま、動かなかった。
出て行くこともせず、かといって引き返すでもなく、ただ立ち続けたままだった。
「――」
それから、どのくらい時間が経《た》っただろうか。
空が明るくなり始めた。
ようやく雨は、その場に腰《こし》を下ろし、空を仰《あお》いだ。
木々のシルエットが、ゆるやかな風に揺れている。
夜が明けていく。
その何時間かあと。

朝のラジオが、誰《だれ》もいない玄関先にまで漏《も》れ聞こえてくる。

「——今日の県内は、はじめ高気圧に覆《おお》われおおむね晴れますが、前線が日本海に延びてくる見込みで、このため夕方から夜にかけて天気が崩《くず》れるでしょう」

そこへ、仕度《したく》を整えた雪が走り込んでくる。

「蒸《む》し暑いー」

濃紺のワンピースの襟元《えりもと》をぱたぱたさせて座り、靴《くつ》を履《は》く。

と、

「雪」

「ん？」

雪が振り仰ぐと、雨が立っていた。

姉弟は、あの争い以来、干渉《かんしょう》しないよう互《たが》いに距離《きょり》を取り、特別な用事があるとき以外は、話しかけることはなかった。仲が悪くなったわけでは決してない。むしろお互いの立ち位置を尊重し、居場所を住み分けるような距離の取り方だった。

その雨が、今日は雪に自分から話しかけている。

「今日は家にいなよ」

「え？」

「かあさんといなよ」

雪は立ち上がって、雨を見た。

「なんで？」

雨が何か言いかけたとき、花が玄関に顔を出した。

「バス、間に合わないよ」

「はーい」

雪は振り返って笑顔で返事したあと、

「あんたがいてあげなさいよ」

と雨だけにささやくと、軽《かろ》やかにランドセルを揺らして家を出た。

「――」

雨は、雪を見送り、そして空を仰いだ。

生暖かい風が辺りを吹《ふ》き抜けている。

花は、その背中を心配げに見つめる。

「――雨」

「――」

呼びかけるが、雨は空を見たまま返事をしない。

「――雨！」

大声に、雨はびくんと振り返った。

「――」

花は、厳しい顔を崩さなかった。

が、

そのあと、優《やさ》しい目に戻《もど》ってみせた。

「――中に入ろ」

青々とした7月の稲《いね》を、不穏《ふおん》げな風が渡る。

ツバメが、稲の葉をかすめて飛んでいる。

教室のカーテンが風を孕《はら》んで大きく膨《ふく》らむ。雲が日差しを隠《かく》した。

授業中の雪は、敏感《びんかん》にそれに気付いて外を見た。

地平線を、何層ものどす黒い雲が渦巻《うずま》いている。

嵐《あらし》の予感だった。

同じとき、花の家の裏庭も風に揺《ゆ》れていた。

つけっぱなしのラジオが警戒《けいかい》を呼びかけていた。

「──日本海に停滞《ていたい》していた前線が南下し、県内では大気の状態が急激に不安定になっているため、このあと局地的に雷《かみなり》を伴《ともな》う非常に激しい雨が降る見込みです。予想される降水量は、平野部でところによって1時間に70ミリ以上、山沿いの多いところで1時間に100ミリを超《こ》す見込みです」

花は気付き、昼食の用意をする手を止めて早足で裏庭に回ると、風に煽《あお》られる洗濯物《せんたくもの》を素早く取り込んだ。

入《い》れ替《か》わるように雨がやってきて、窓の外の花を見る。

ラジオのざらついた声が、さらに続けた。

「──気象台では県内全域に大雨洪水《こうずい》警報を出して、土砂《どしゃ》災害、河川《かせん》の増水、家屋の浸水《しんすい》、および損壊《そんかい》に最大級の警戒をするように呼びかけています。では本日午前11時発表の警報です。西部北。大雨、雷、洪水警報。西部南──」

風が強くなっている。

花は、雨に手伝わせて大雨に備えることにした。

納屋《なや》から雨戸を運び出した雨が、花に手渡《てわた》す。花は縁側《えんがわ》のレールに次々と雨戸をはめていく。

前庭のハーブが激しく風に揺れている。

納屋に戻る途中《とちゅう》、不意に雨は立ち止まると、ゆっくり空を見上げた。

と、

「きゃっ……！」

花は、強風にあおられてバランスを崩した。

「――」

その小さな背中を、じっと見つめる雨の姿がある。


ポツ、ポツ、ポツ…………！

雨粒《あまつぶ》がアスファルトに点々と染《し》みをつくる。
パ、パ、パ、パ、パ…………!!
蓮《はす》の葉にも、音を立てて落ちる。雨滴《うてき》が葉の上で次々と集まって大きな水滴をつくってゆく。

ザアアアアアアアァァァァアア…………!!!

あっというまに本降りになった。

水門の向こうを、一羽のサギが、逃《に》げ遅《おく》れたように飛んでいる。

空は、暗い雨雲で埋《う》め尽《つ》くされた。

蛍光灯《けいこうとう》が、不安げな子供たちを生ぬるく照らしている。

大きな風が吹くたびに、木造校舎はギシギシと音をたてた。

6年生の教室に田辺《たなべ》先生が戻ってくると、黒板に書かれた「自習」の文字を勢いよく消した。

「これから集中豪雨《ごうう》になるそうなので、午後の授業を取りやめることになりました」

「わあっ！　やったあ！」

子供たちは弾《はじ》けるように一斉《いっせい》に騒《さわ》ぎだす。田辺先生はあわてて制した。

「いま、みんなのお父さんやお母さんに迎《むか》えに来てもらうように、連絡《れんらく》をしているところです。それまで体育館に地区ごとに集まって待ちましょう」

下級生から上級生まで、ランドセルを担《かつ》いだ子供たちが廊下《ろうか》にあふれ出る。緊迫《きんぱく》した教師たちの様子とは裏腹に、ワイワイ騒ぎながら体育館へ向かう子供たちには、非常時のドキドキをまるで楽しむような笑顔がある。

その中、置き忘れられたように、教室にひとり残る草平の姿があった。

「――」

座ったまま、何も言わずに窓の外を見た。

花の家を、激しい雨が打ち付けている。

雨水が屋根から滝《たき》のように流れ落ちている。前庭はすでに水たまりだらけになっていた。庭木がざわざわと揺れている。

雨戸と玄関《げんかん》の戸を閉め切った家の中は、お昼過ぎだというのに、まるで夜のように暗い。

心細い電灯の光に照らされた大広間で、花は黙々《もくもく》と洗濯物を折《お》り畳《たた》む。

ダイニングテーブルの雨は、静かに自分の席に座っている。

ふたりとも、何も言わなかった。

雨がずぶ濡《ぬ》れで帰ってきたあの日以来、花は、雨がどこかへふらりと行ってしまうのを畏《おそ》れた。雨がどこへも行かず、ただそばにいてくれることを、いつも願った。

それを無言で受け止めたように、雨は家から出ることはなかった。常に花の目の届くところに身を置き、ただ毎日、窓から外を眺《なが》めて過ごしていた。

そんな雨の姿は、花にとって決して居心地《いごこち》のいいものではなかった。自分の願いが雨の見つけた世界を犠牲《ぎせい》にして成り立っていることは充分《じゅうぶん》に承知している。承知した上で、それでもなお願わずにはいられない自分がいる。

ふたつの異なる気持ちを抱《かか》えて、花は引《ひ》き裂《さ》かれていた。

だから、押し黙《だま》るしかなかった。

――と、
ドシャアアアアアンンンン!!!

突然《とつぜん》、落雷《らくらい》の大音量が家を揺らした。

「――!」

花はビクッと身を縮めた。

次の瞬間《しゅんかん》、電灯が消え、大広間は暗闇《くらやみ》に包まれた。台所の窓に差す外の光だけが残った。

「……停電?」

花はおそるおそる天井《てんじょう》を見上げると、立ち上がって手探《てさぐ》りでブレーカーの方へ向かった。

畳んだタオルが足に当たって崩れる。

大広間は、雨の影《かげ》だけが残された。

闇の中、雨は机の一点を見つめ続けている。

目が、窓の光を反射して光っている。

遠雷が鳴る。

まるでそれがきっかけのように、雨はゆっくりと顔を上げる。

長い時間をかけて何かを見定めたような、鋭《するど》い瞳《ひとみ》がある。

そして——、
暗闇に、雨の声が小さく響《ひび》いた。

「……行かなきゃ」

と。


棚田《たなだ》の稲が、激しい風雨に踊《おど》っている。

農道のアスファルト上に、用水路から溢《あふ》れた水が流れ出している。

花の畑の虫除《むしょ》けネットが破れて、風に煽られている。

早く流れる雨雲に、烏帽子《えぼし》形をした鉄塔《てっとう》のシルエットが浮《う》かび上《あ》がる。上空は高圧線が大きくしなるほどの風が吹いている。

「……わかりました。今から行きます」

黒電話の受話器を置くと、花はすぐに囲炉裏《いろり》部屋に向かい、レインコートに袖《そで》を通した。

「雨ー。一緒《いっしょ》に雪を迎えにいこう」

壁越《かべご》しに雨へ呼びかけた。だが返事がない。

「雨……？」

こどもたちのレインコートを携《たずさ》えて台所に戻った。

さっきまでいた、雨がいない。

テーブルに、マグカップだけが残されている。

「雨？　どこ？　雨？」

大広間も見るが、やはり雨の姿はない。

すると、
ガラッ。

玄関の戸を開く音がする。

「？」

花は音の方向を見た。

戸の隙間《すきま》から、ビュウウウ、と雨粒が吹《ふ》き込んでいる。

その向こう、雨の背中が、一瞬見えた。

「……雨!!」

花は、驚《おどろ》いて叫《さけ》ぶ。

玄関へ駆《か》け寄《よ》ると、半開きの引き戸を力任せに開け、外に飛び出す。

「雨!!」

が、立っていられないほどの風雨が、花の全身を打つ。

「うっ……！」

荒《あ》れ狂《くる》う草木の向こう、風をはらませて悠然《ゆうぜん》と山への道を行く雨のうしろ姿が、わずかに見えた。

「雨!!」

花は再度叫ぶと、水浸《みずびた》しの前庭をなりふり構わず走った。

今ならまだ連れ戻《もど》せる——。

さっき雨の姿が見えた小径《こみち》を下り、家の前の道に走り出た。

が——。

「……!?」

雨の姿がない。

「あ……!?」

里のほうを振《ふ》り返《かえ》るが、やはりいない。

「え……!?」

花は、戸惑《とまど》う。

いっぱいの不安をあらわにして、必死に雨の姿を探す。

「どこ⁉　雨⁉　……雨⁉」

そして、山のほうを見て、息をのんだ。

「………‼」

ゴオオオオオオ！！！！

強風が恐《おそ》ろしいうなり声をあげている。水びたしのアスファルトが、荒れ狂う木々のシルエットを反射している。無数の折れた小枝が宙を舞《ま》うと、墜落《ついらく》するように次々と地面に落ちる。

雨──。

雨が、山へ向かったことは確実だった。

「……‼」

花は、決意すると強い風に向かい、歩き出した。

ゴオオオオオオオオ！！！！

レインコートを風が巻き込む。息もできないほどの激しい風雨が花を襲《おそ》う。

だがそれでも果敢《かかん》に、山への道を一歩一歩、登っていった。

雨を、連れ戻すために。

町の中心部でも、雨脚《あまあし》は衰《おとろ》える気配がなかった。

ライトをつけた車が、水しぶきを上げている。

小学校の駐車場《ちゅうしゃ》は、続々とやってくる保護者の車が列をなしている。

傘《かさ》を斜《なな》めにさして突風《とっぷう》に耐《た》えながら、親たちは校舎へ向かっていた。

体育館では、子供の名を呼ぶ父親や母親の声が次々と響く。そのたびに残された子供たちは顔を上げ、自分が呼ばれたのではないことを知ると、力なくうつむく。

ひとり、またひとりと迎えが来て、親と寄り添《そ》いながら帰っていく。

その光景を、冷たい体育館の床《ゆか》に腰《こし》を下ろした雪は、ぼんやりと見送っていた。

その傍《かたわ》らで、ため息まじりに信乃《しの》が、下級生の子たちの手遊びに目を落とす。

長い待機の時間を、それぞれが持て余していた。

草平だけが、険しい顔で入り口を見つめ続けている。

と、
ドオオオオオンンンンンッッッッ!!!

「きゃっ！」

激しい雷鳴に、雪たちは身を縮めた。

反響《はんきょう》する体育館の天井で、水銀灯の光がかすかに揺《ゆ》れている。

前髪《まえがみ》をちょんまげに結んだ低学年の女の子が、不安そうに入り口を見て、

「うちの親、遅《おそ》いなー」

と丸坊主《まるぼうず》の男の子の手を握《にぎ》った。信乃や雪も目を伏《ふ》せる。

すると突然、草平が口を開いた。

「心配すんなよ」

と、平気そうに。

「でもさー」

不満げに抗議《こうぎ》の声を上げる男の子に、草平は乗り出すと、

「このまま学校に泊《と》まることになったら、一晩中トランプやろうぜ」

とやんちゃそうな笑顔《えがお》を見せた。

「トランプ⁉　やるっ！」ちょんまげの女の子の表情がパッと明るくなった。

「やるやる！」丸坊主の男の子もそれに食いつく。ふたりともさっきまでしょんぼりしていたのに、もう笑顔が戻っている。

「わあそれ楽しそう」

信乃も草平のノリに合わせると、雪とアイコンタクトを交わした。

女の子は、ワクワクして雪を見上げる。「キャンプみたい！」

草平はそれを確認《かくにん》すると、素早《すばや》く腰を上げた。

「俺、教室行って取ってくるわ」

「うん」

雪は頼《たの》もしい気持ちで草平を見送った。こういうふうに機転を利《き》かせられるのは、やはり男子ならではだなと思う。

男の子が、バカにしたように女の子に訊《き》いた。

「おまえ、トランプ知ってるの？」

「ババ抜《ぬ》きしか知らない」

「バーカ」

「コラッ、ケンカしない！」

もめだした下級生たちを、信乃がたしなめる。

すると、

「信乃ー」

信乃の父親が体育館にやってきた。

「あ。お父さん遅い、もー」

信乃が、口を尖《とが》らせて迎《むか》える。先ほどのお姉さんぶりとはまるでちがう、信頼《しんらい》に満ちた甘えた声だった。

信乃の父は来客用のスリッパを鳴らしてやってくると、膝《ひざ》をついて頭をかき、

「ゴメンゴメン。すっごい嵐《あらし》だよまったく」

と、娘《むすめ》に謝った。それから雪に柔和《にゅうわ》な笑顔を向けて、

「雪ちゃんも一緒に送っていくよ」

と提案した。

「え？」

「そうだ、行こ、雪ちゃん」

膝を立ててランドセルを担ぎながら信乃も言う。

雪は、信乃の父のことをよく知っていた。老舗《しにせ》の材木屋の三代目だったが、いつもさっぱりとした気取らない格好をしていた。父のいない雪に、娘同様に優《やさ》しく接してくれた。大きな屋敷《やしき》に泊めてもらったことも二度や三度ではない。

「さ、早く」

信乃がせかした。

だが雪は、ちょっと考えたあと、信乃の父に、

「……ありがとうございます。でもウチもじきに来ると思います」

と笑顔を返した。

下級生たちが追いかけっこしている姿が横目に見えた。あの子たちを迎えがくるまで見てあげなきゃならないと思ったたし、いったん教室に戻った草平のこともある。トランプをして過ごしていたら、そのうち花もやってくるだろう。

「遠慮《えんりょ》しなくていいんだよ」

「そうだよー」

父娘は口々に、雪を翻意《ほんい》させようとしてくれる。

ありがたさを感じつつも雪は、信乃を見た。「かあさんと行《い》き違《ちが》いになったら困るし」

信乃の父は笑顔で引くと、

「確かにそうだね。じゃあお先に」

と腰を上げた。父の背で信乃が、済まなそうに小さく手を振る。

「バイバイ」

「バイバイ」

雪も小さく手を振り返して、見送った。

親子は強風の中、互《たが》いにしがみつきながら校舎を出ていった。途中《とちゅう》、突風で傘が裏返ってもかまわず、娘をかばうように抱《だ》きしめると、早足で父親は車へ向かった。

そのあと、雪は幾組《いく》もの親子が帰ってゆくのを見た。

心細さに泣き出した娘をなだめて立たせる、ジャージ姿の怖《こわ》そうな母親。兄妹《きょうだい》の手を引き、まるでピクニックに出かけるような優しそうな父親。孫を迎えにきた老夫妻の笑顔。

雪は、膝を抱《だ》きながら、それらを眺《なが》めた。

体育館に残っている子供たちの影《かげ》は、ずいぶんと少なくなった。

丸坊主の男の子が滑《すべ》り込むように戻ってきて、無造作に水筒《すいとう》のふたを開けるとそのままグビグビと飲みだす。

雪は、自分の母親よりも草平のことが気がかりになっていた。トランプを取りにいったまま、もう何十分も帰って来ない。

「――草ちゃん、遅いな」

とひとりごちると、次の瞬間《しゅんかん》には素早く立ち上がって、教室へと駆け出した。

「雪ちゃん」

男の子が水筒から口を外して呼びかけるのにも気付かずに、雪は体育館を出た。

ザアアアアアァァァァァァァ……。

雨が降りしきる。

山裾《やますそ》を霧《きり》がゆっくりと漂《ただよ》っている。

「雨ー！」

いつかの熊笹《くまざさ》が生《お》い茂《しげ》る山道で、雨の名を叫《さけ》んだ。

「どこなの雨ー!!」

いつかの葦原《あしはら》で叫んだ。

「雨ー!!!」

いつかの杉《すぎ》の根元で叫んだ。

しかし、返事はない。

雨はいない。

嵐の中では、普段《ふだん》とはまるで別の場所に見えた。

花の不安は増大するばかりだった。

杉の樹林帯をひとり登った。

あちこちの斜面《しゃめん》を、雨水が滝《たき》のように流れている。

「――山に入らないって、約束したじゃない。なのに――」

足を掬《すく》われて、膝をついてしまう。

「なのに――」

それでも花は泥《どろ》だらけで、山道を登り続ける。

「キャー！」

「濡《ぬ》れるー！」

子供たちが騒《さわ》ぎながら、体育館脇《わき》に停《と》めた学校のワンボックスカーに次々と飛び込んでいく。レインコート姿の田辺先生はびしょ濡れになりながら、そのひとりひとりの背中を押してやる。

雪が教室に行ったのと入れ違いに、田辺は体育館にやってきて、残った子供たちを全員、学校の車で送ると叫んだのだった。

最後の子を押し込みつつ、息を切らして車内を覗《のぞ》き込んだ。

「これで全員か⁉　雪と草平は⁉」

ちょんまげの女の子が、シートの背に身を乗り出した。

「信乃ちゃんのお父さんが一緒《いっしょ》に乗せてくって言ってた」

「で、帰ったのか？」

女の子は、知らない、と首を振《ふ》った。自分が見たのはそこまでだから、というふうに。

するとと丸坊主の男の子があとを続け、

「ふたりとも体育館を出て行ったよ」と、自分が見たことを喋《しゃべ》った。

田辺は、そのふたつの情報を統合し、ふたりは帰った、と判断した。

「そうか……わかった！」

勢いよくスライドドアを閉めると、校務員にあとの戸締《とじ》まりを頼み、運転席に乗り込んだ。

田辺の運転する車は、水たまりに車体を揺らしながら学校をあとにした。


ブナの森に、霧が立ちこめている。

雨は小降りになっていた。

「ハアッ……ハアッ……ハアッ……」

花の荒《あら》い息づかいが聞こえる。

雨を探して、もう2時間以上も山を歩いていた。悪天候の山登りは、それだけで体力を奪《うば》う。登山道のちょっとした起伏《きふく》を登るのも息が切れてしまう。

「ハアッ……ハアッ……ハアッ……わっ！」

足を滑らせた。

ボチャン。

気がつくと、水たまりに膝まで浸《つ》かってしまっている。雨だれが無数の波紋《はもん》をつくった。落ちた勢いで外れたフードもそのままに、呻《うめ》きながら四《よ》つん這《ば》いで水たまりを抜け出す。踏《ふ》み出すたびに、ジョボッ、ジョボッ、とゴム長に水が入った音がする。気持ち悪い。水を出さなきゃ。

ブナの根元にペタンと腰《こし》を下ろして、ゴム長を脱《ぬ》ごうとする。手が滑って力が入らず、なかなか脱げない。それでもやっとのことで引き抜いた。浮《う》かせた素足がふやけている。急いで家から飛び出したので、靴下《くつした》もストッキングも穿《は》いてこなかった。ゴム長を逆さにして泥水《どろみず》を出すと、履《は》き直した。たったこれだけのことで、息が荒くなってしまう。

もう片方のゴム長に手をかけたとき、花は何かに気付いた。

ガサッ……、ガサッ……。

霧煙《きりけぶ》る遠くのブナの木の向こうに、人影《ひとかげ》らしきものが見えた。

「……雨!!」

花ははじかれたように立ち上がると、迷いなくそのあとを追った。この豪雨《ごうう》の中、有名ではない登山道をわざわざ歩くハイカーなどいない。だとすれば雨に違いなかった。道を外れて鬱蒼《うっそう》とした森の中に踏み込んだ。藪に足を取られてもかまわずにあとを追った。

「雨!!」

　ガサッ。

　霧で見えにくいが、確かに雨のように見えた。木の陰《かげ》に入っていく。こちらにまだ気付いていないのだろうか。

「待って……待って！」

　懸命《けんめい》に呼び止めた。生い茂る下草や若木が邪魔《じゃま》をして、なかなか近づけない。だが、雨を見つけた喜びが、足を急がせる。距離《きょり》が縮んだせいで人影の輪郭《りんかく》が徐々《じょじょ》にはっきりしてくる。

「雨……！」

　よかった、無事で。

　さあ、家に帰ろう。早く戻《もど》って、雪を迎えにいこう。

　そして――。

　パシャン！

　花は、水たまりに踏み出した足を、ハッと止めた。

「……!!」

　落ち葉のへばりついたゴム長を、ゆっくり戻した。

　霧の中、ブナの木の陰からのっそりと姿を現したのは、人のものではなかった。

大人のツキノワグマだった。

ザァァァァァァァアアアアアアアアア！！！

雨脚《あまあし》が急激に強まった。

花は呆然《ぼうぜん》として、クマを見たまま慎重《しんちょう》に後ずさりした。ブナの若木が背中に弾《はじ》かれて、水滴《すいてき》がビンッ、と散った。背中が木の幹に当たって、そこから後退できなかった。それでも視線を外すわけにはいかなかった。

ツキノワグマは、ゆっくりとこちらを見た。顎《あご》から雫《しずく》が垂れている。

ツキノワグマは思ったより、ずっと大きく見えた。たとえばヒグマのように過激な獰猛《どうもう》さはないことを知識では知っていた。それでも面と向かうと、足がすくんだ。

花は、恐怖《きょうふ》に身じろぎひとつできなかった。滴《しずく》が花の顎をつたって流れ落ちる。ただじっとツキノワグマを見つめるしかなかった。

花は、生きているツキノワグマを見るのは、これが初めてだった。

移り住んだばかりのとき、役場の職員は、こう警告していた。山間部で空き家が多いのは、近年クマやイノシシやサルが里に下りて畑を荒《あ》らすからである。いつクマに襲《おそ》われるとも限らない、と。

実際、里に下りたクマが民家に侵入《しんにゅう》したケースもたびたび耳にした。襲われて大怪我《おおけが》を負った人も少なくなかった。人を襲ったクマやイノシシは、原則的に町の鳥獣《ちょうじゅう》被害《ひがい》対策課に射殺されることになっている。堀田のおじさんがその対策課で嘱託《しょくたく》のハンターをしている関係で、花も何度か死体を見たことがある。堀田のおじさんは、クマが出たらすぐに連絡《れんらく》しろ、鉄砲《てっぽう》を担《かつ》いで助けに行ってやる、と笑顔《えがお》で言ってくれた。

にもかかわらず、花はこの7年もの間、生きているクマには遭遇《そうぐう》しなかった。ましてや畑を荒らされたことなどただの一度もなかった。それは雨や雪によるおおかみの匂《にお》いが他の野生動物を寄せ付けない、ということも確かにあっただろう。だがそれだけではない、と花は感じていた。クマのほうから、花の家の生活圏《けん》を侵《おか》さないように気を遣《つか》われていたのではないか。

かつて人の手が行き届いていた里山では、クマと人の暗黙《あんもく》の棲《す》み分《わ》けがあり、互いに遭遇することは稀《まれ》だった、と韮崎《にらさき》から聞いたことがある。もしもそれと同じことを花の山の生活が偶然《ぐうぜん》に成していたのなら、クマに遭遇しない理由は充分《じゅうぶん》にあると考えられた。

しかし、今の場合は違《ちが》う。

花のほうからクマの生活圏に侵入してしまったのだ。

普段では絶対にあり得ない理由で。

なにかあれば、諦《あきら》めるしかない――。

ツキノワグマは、ずっと花を見つめ続けている。
それはわずか数秒だったのかもしれない。
しかし花には、その瞬間《しゅんかん》が何十分にも、何時間にも感じられた。
「──」
そのとき、
ザアアアァァァァァァァァァァァ……。
急速に雨脚が弱まった。
「クーン」
と声が聞こえた。
気付いてクマが横を見ると、子グマが二匹《ひき》、叢《くさむら》から躍《おど》り出《で》た。
「……！」
花は、子グマの鳴き声を呆然と聞いた。
子グマの一匹はちらりとこちらを一瞥《いちべつ》したが、興味無さげに奥へ歩いていった。そして
もう一匹は、鼻面《はなづら》を親グマに近づけて、急《せ》かすようにクーンと鳴いた。
ツキノワグマはまだ警戒《けいかい》しているようだったが、やがて子グマに誘《さそ》われるように、のっ
そりと霧《きり》の中へ消えていった。

──母熊《ぐま》。

そう、あれはきっと母熊だ、と花は思った。

おそらく大雨の中で我が子を見失って、探していたのだろう。そしてめでたく再会できたのだろう。

それに比べて、自分はどうだ。

こんなところで何をしているのか。

「…………雨」

つぶやくと、全身の力が一気に抜《ぬ》けた。

もたれたブナの幹を滑《すべ》り、その場にへたり込んだ。

「…………雨、…………どこ？」

花は、しばらく動けなかった。

既《すで》に夕方にさしかかっていた。

机の天板が、外の青い光を反射して浮かび上がっている。

電気の消えた暗い教室で、突《つ》っ伏《ぷ》して寝《ね》ていた草平が目を覚まし、やおら身を持ち上げて、伸《の》びながらあくびする。

そして、なにげなく入り口を見やって、大声を上げた。

「……うわああっっっ‼　なんでいるんだよっ‼」

そこには、びっくりまなこの雪が立っている。

草平の問いに、困ったような顔をした。

「だって……、遅《おそ》いから」

体育館に戻ると既にそこは誰《だれ》もいなく、水銀灯の冷え冷えとした光が床《ゆか》に反射しているだけだった。

「あれ？　いない。みんな帰っちゃったのかな？」

「迎《むか》えに来ないのは、俺らだけか」

と草平は、打ち捨てられたような自分のリュックを拾った。

雪も、ランドセルを持ち上げる。

「……かあさんになにかあったのかな」

迎えに来ないことなどあり得ない、と思った。どこかで行き違ったのか。それとも来られない事情があるのだろうか。

雪は思いを巡《めぐ》らしたが、何も思いつかないまま、

「………寒い」

とノースリーブの二《に》の腕《うで》をさすった。

「ぶらつこうぜ」

草平は、そんな雪をちらりと見て、出口へ向かった。

心配顔の雪だけが残された。

「雪」

草平の呼ぶ声がした。

ハッと我に返り、小走りであとを追った。

「あ、待って」


それから、ひとけのない校舎を、ぶらぶら歩いた。

廊下《ろうか》のすべての電気が落とされ、青い窓の光に、非常灯だけが赤く灯《とも》っていた。開けっぱなしの保健室に、寒々としたベッドが見えた。給食室前で、配膳《はいぜん》ワゴンのステンレスが鈍《にぶ》く光っていた。職員室前の黒板に書かれた予定表の文字が、まるで別世界の言葉に見えた。

誰もいない学校とは、こんなにも心細いものなのだろうか。

遠雷《えんらい》が鳴る。

「このまま迎えに来なかったらどうしよう」

「学校に住めばいいじゃん」

「そんなの無理だよ」

「夜は保健室で寝ればいいだろ」

「ごはんは？」

「あまった給食をもらう」

「ずっと迎えに来なかったら？　ずっと学校に住むの？」

「働けばいいんだ。新聞配達とかして」

「子供だもん。雇《やと》ってもらえないよ」

「歳ごまかす。中学生とか言って」

大階段の踊《おど》り場《ば》にある大きな鏡に、ふたりの姿が映った。

草平は、鏡の中の自分を見た。

「中学生に見える？」

雪も、鏡の中の自分を見た。

やせっぽちの、頼《たよ》りない子供の姿が映っていた。

どう見ても、中学生には見えない。

「──見えない」

「そうか？」

草平は自分を見て首を傾《かし》げた。

雪は、髪《かみ》に絡《から》ませた指をゆっくりと下げて、憂鬱《ゆううつ》な顔の自分につぶやいた。

「──早く、大人になりたい」

そう言う雪の横顔を見て、草平は鏡の中の自分に向き直った。

「俺も」


「ハアッ……………ハアッ……………ハアッ…………」

花のレインコートに、いくつも葉がまとわりついている。

「ハアッ…………ハアッ…………ハアッ…………」

水たまりだらけの道に、足をすくわれる。

豪雨《ごうう》で石や土があらわになった斜面《しやめん》にもたれ、なんとか体を支えた。

「ハアッ…………ハアッ…………ハアッ…………」

登山道、と呼ぶにはあまりに狭《せま》い。

急斜面に、人が通れるぎりぎりの幅《はば》しかなかった。土が洗い流され、根がむき出しになっている。

ダケカンバが崖下《がけした》まで繁茂《はんも》している。まがりくねった茶色の幹が、奇怪《きかい》な生物の骨を思わせた。破壊《はかい》され荒《あ》れた高地に真っ先に生える木、と聞く。ここもかつて、破壊されたあとなのだろうか。

ずいぶんと高く登ってしまったのかもしれない。

雨の姿を見つけられないまま、花は長いあいだ、山中を彷徨《さまよ》った。

気がつくと、道に迷っていた。

自分が、どこを歩いているのかわからなかった。

目がかすんで、前が見えづらい。

寒い。

「ハアッ……ハアッ……ハアッ……」

雨——。

どこなの？

雨——。

そのとき、濡《ぬ》れたダケカンバの根で、足を滑らせた。

「――!?」
ハッと我に返り、崖下を見やる。
が――。
ザザザザザザ！
なす術《すべ》なく谷底へ滑落《かつらく》していく。
慌《あわ》てて土に爪《つめ》を立てる。
が、止まらない。
それでも死にものぐるいで手を伸ばした。
ガッ！
手応《てごた》えがあった。
若木のダケカンバの枝を、かろうじてつかんだ。
バウンドして、盛大《せいだい》に飛び散った葉の水滴《すいてき》が、泥《どろ》だらけの花の顔にバラバラと落ちた。
「ハアッ……！　ハアッ……！　ハアッ……!!」
激しく息をした。
これ以上落下すれば、戻《もど》っては来られまい。
渾身《こんしん》の力を込めて、もう一方の手を伸ばした。

「ぐっ……!!　………うぅう!」

いっぱいに伸ばした手は、なんとか指先で枝をつかまえる。

「ハアッ……!!　ハアッ……!!　ハアッ……!!」

残りの力を振《ふ》り絞《しぼ》って這《は》い上がる。

ダケカンバがギシギシしなるのが聞こえる。

滑りそうになる手を、いっぱいに握《にぎ》った。

「ううう……うううう……!!」

ところが、次の瞬間《しゅんかん》、ふっと両手から手応えが消えた。

「!?」

体重を預けていたダケカンバの若木が、根元から抜けた。

そこからは、あっという間だった。

ぐしゃぐしゃの斜面を、バウンドしながら転がり落ちた。

低木に体を打ち付けた。

枝が肌《はだ》を切《き》り裂《さ》いた。

それでも止まらなかった。

うるさいほど、枝が折れる音がした。

「なんで？　だって——」

言いかけて雪は、息をのんだ。以前聞いた草平の母のうわさが、頭の中に蘇《よみがえ》った。

それを察したように草平は、外を見ながら淡々《たんたん》と語った。

「俺の母ちゃん、結婚《けっこん》したんだ。おなかに赤ちゃんがいる。生まれたら俺、もういらないんだってさ」

雪は、絶句した。そんなことが世の中にあるのだろうか。

「…………あんなに草ちゃんのこと、心配していたのに……！」

「俺はそれでも平気だけどな」

「——」

「これから家出して、ボクサーかレスラーにでもなって、一匹狼《いっぴきおおかみ》で生きてく」

膝を下ろして立ち上がった。「どう？　いける？」

その、真面目《まじめ》とも冗談《じょうだん》ともつかないような言い方に、雪はなんと言っていいのかわからなかった。ただ力なく苦笑《くしょう》してみせるのが精一杯《せいいっぱい》だった。

「……草ちゃんすぐやられちゃうよ。ひょろひょろだもん」

「鍛《きた》える。鍛えて、ひとりで生きる」

外を見て草平は言う。

雪の笑いが消える。

「――」

そんな雪を、草平は険しい顔のままゆっくりと見た。

そして突然《とつぜん》、

「シシシッ！」

と白い歯を見せて笑った。

まるで、「これは俺と雪だけの秘密だから」とでも言うように。

雪の胸が、ぎゅっと締《し》めつけられた。

「……!!」

たまらなく苦しくなって、うつむいた。

胸を押さえて、この苦しさの理由を抱《だ》きしめた。

心の中で芽生えたなにかが、いったい何なのか、はっきりした気がした。

「……草ちゃん。……私も、草ちゃんみたいに、本当のこと話しても、笑っていられるようになりたい」

自分に向けて言った。

決意していた。

次の瞬間には、手を伸《の》ばして、アルミサッシの鍵《かぎ》を開けていた。

ビョオオオオオオオオオッ!!!

激しい風が教室に吹《ふ》き込んでくる。

レースのカーテンが風をはらんで膨《ふく》らむ。

「――?」

草平はそれに気付く。

雪は目を閉じて、吹き込んでくる雨粒を全身で受け止めた。

「――」

風で大きく揺《ゆ》れるカーテン越《ご》しに、雪はゆっくり草平を見つめた。

「草ちゃん――」

草平は、呆然《ぼうぜん》と雪を見ている。

強い風が、雪の長い黒髪《くろかみ》を美しく乱した。

「――あのとき、草ちゃんを傷つけたおおかみは、私」

雪は、静かに告白した。

それから、真実の姿を見せた。

おおかみ。

おおかみの姿の雪。

「――私なの」

草平は、雪をじっと見つめている。

雪は、唇を嚙《か》みしめ、おおかみの娘《むすめ》として言った。

「言わなきゃって、ずっと思ってた」

草平は黙《だま》ったまま、見つめている。

雪は、ひとの姿に戻《もど》った。

ひとりの少女として、言った。

「――いままで、苦しかった」

吹き込む雨粒が、涙《なみだ》のように見えた。

不意に、草平が口を開いた。

「……判《わか》っていた。ずっと」

落ち着いた声だった。

その言葉に雪はハッとなった。

「……!?」

草平は顔を上げ、目を閉じた。

「雪の秘密、誰にも言ってない――。誰にも、言わない」

そして再び目を開けて、雪を見た。

「だから――もう泣くな」

「――！」

その言葉を聞いて、ふいに、雪の目に涙があふれ出た。

いままでずっと我慢《がまん》していたもの、耐《た》えてきたもの、隠《かく》していたもの――が、すべてあらわになるように。

涙を止める方法を、雪は知らない。

だから、精一杯の笑顔《えがお》をつくって、首を振《ふ》った。泣き顔を見られたくなかった。

「……アハハ……泣いてないよ。しずくだもん……」

涙が、雨粒と混じり合って、頰《ほお》を伝った。

風をはらんだカーテンの向こうで、隠れるように涙を拭《ぬぐ》った。

それでも、あとからあとから涙が出てきた。

拭いながら、伝えなければいけない真実が、もうひとつあることに気付いた。それはたったひとつの言葉――。

雪は、涙まみれの顔をしっかり向けた。

草ちゃん——。

「ありがとう」

ザアアアアアアアァァァァァァ……!!

雨はいよいよ激しく、水浸しのグラウンドに果てしなく降り続いた。

もう、どのくらい経《た》ったのか。

ダケカンバの木々に、静かに雨が降り注いでいた。

暗闇《くらやみ》に、無数の波紋《はもん》が静かに広がっては消えていた。

その中に、花の姿が浮かんでいた。

裂《さ》けたレインコートに、たくさんの枝や葉や泥《どろ》がまとわりついている。

顔や手に、生々しいあざや裂き傷が無数にある。

気を失ってから、ずっと目を覚まさなかった。

すると、

ガサッ……ガサッ……。

何者かの影《かげ》が、花に近付いてくる。

ガサッ……!

水面に映り込んだ影が、花の顔のすぐ近くまで迫《せま》った。

花は気を失ったままだ。


そのとき、花は、夢を見ていた。

柔《やわ》らかな日差しの中、草花がゆるやかな風に揺られている。

「雨……、どこ行ったの……？　雨……」

穏《おだ》やかに雨を探す花は、いつかの青いワンピースに身を包んでいた。

振り返ると、丘《おか》の向こうに、人影が見えた。

「…………？」

背を向けて、風に吹かれている雨の姿があった。

「雨……！」

花はスカートに風をはらませて、ゆったりと雨へと歩いた。

「——探したよ。さあ、早く戻って雪を迎《むか》えに——」

と、優《やさ》しい風が吹いて、花は何かに気付いた。

風の向こうで、振り返ったのは——

彼だった。

あの優しい声で、

「……花」

と言った。

「……！」

花は信じられず、しばしのあいだ呆然とした。

しかし、間違《まちが》いなくそこにいるのは、彼だった。

「……!!」

花は、大きな笑顔になると、子鹿《こじか》のように駆《か》け寄《よ》って、彼の胸に飛び込んだ。

「……逢《あ》いたかった……!!」

彼は、そんな花を優しく抱き寄せた。

懐《なつ》かしい匂《にお》い。

あたたかな体温。

そして、低い声。

「いままで苦労かけたね。……済まなかった」

「……ううん」

花は、彼の胸に顔をすりつけるようにして、かぶりを振った。

背の高い彼は、花に合わせて背中を丸めた。

「……ずっと君を見ていた」

「うん……。判ってた」

嬉《うれ》しさに満たされて、涙がにじんだ。

彼は、愛撫《あいぶ》するように花と額をすりあわせると、

「こどもたちを、ちゃんと育てた」

と、頭を撫《な》でてくれた。

頭を撫でられたのは、いつ以来だろう。

「ううん。全然。失敗ばっかり」

額をすりあわせながら花はかぶりを振った。

彼が、花を覗《のぞ》き込むように言った。

「本当だよ。雪も、雨も、立派に育った」

「ううん。だって……」

言いかけて、花は、何かに気付いたように目を開けた。

「雨が……。そうだ、雨がいないの」

彼からゆっくりと体を離《はな》した。

見回しながら丘を歩き、どこへともなく呼びかけた。

「雨」

「雨なら、だいじょうぶだよ」

「でも」

心配なまま、彼を見た。

彼は、ゆるやかな風の中、優しく微笑《ほほえ》んでいた。

「だいじょうぶ。もう大人だよ」

花は、呆然と彼に体を向けた。

「……大人？」

まだその言葉の意味を、飲み込めてはいなかった。

風の向こうで、彼は、優しい瞳《ひとみ》で言った。

「自分の世界を見つけたんだ」


ザッ……ザッ……ザッ……。

花は気を失ったまま、たくましい腕《うで》に抱《かか》えられて、朝もやの森を下りてゆく。

山中で花は救出された。決して人が見つけ出せない場所で。

里に下りる頃《ころ》には、大雨はすっかり去っていた。

朝が近付きつつあった。

がらんとした山沿いの駐車場《ちゅうしゃ》に、そっと花の体が寝《ね》かされる。

助け出した者は、背中を向け、山に戻っていく。


「……う……うう」

ふいに、花が意識を取り戻した。

すぐには目を開けられなかった。うう、と唸《うな》ると、目を閉じたまま上半身をもたげる。

体のふしぶしが、ひどく痛んだ。朦朧《もうろう》とした目で、ようやく前を見た。

すると——

ぼやけた視界の向こうに、山へ歩いていく背中が見える。

「雨……」

間違いなく、雨だった。

急速に意識が戻ってきて、目を見開くと、

「雨！」

と呼び止めた。

次の瞬間《しゅんかん》、立ち止まり振り返ったのは、

「――」

いままでに見たことのないくらい、大きな体のおおかみだった。

雨。

おおかみの、雨。

花は、たまらずつぶやいた。

「……行ってしまうの？」

「――」

おおかみの雨は、振り返ったままじっと花を見つめている。

揺《ゆ》るぎないまなざしだった。

花の目に、涙《なみだ》が込み上げてきた。

「だって……私、まだあなたに何もしてあげてない」

「……！」

おおかみ雨は、その言葉に反応したかのように、体ごと花の方を向いた。

花は、あふれる涙を止められない。

「まだなんにも……。なのに……」

「!?」

その姿がいたたまれないように、おおかみ雨はじっと花を見つめていた。

動揺《どうよう》を映すように、ゆるやかな風がたてがみを揺らした。

何かを言いたげに、口を開く。

「――」

だが、
ゆっくり口を閉じ、落ち着いた瞳に戻《もど》った。

風が止《や》む。

それをきっかけに、おおかみ雨は素早《すばや》くきびすを返した。

ダッ!!

花が何かを言う間もなく、おおかみ雨はあっという間に駐車場を駆け抜《ぬ》けると、大きくジャンプして柵《さく》を越《こ》えた。

「!」

花は、そこで初めて、目の前に広がる巨大《きょだい》な絶壁《ぜっぺき》を見上げた。

幅《はば》2キロ、全高500メートルの、氷河で削《けず》られた荒々《あらあら》しい岩塊《がんかい》。

頂上から雪解け水が、轟音《ごうおん》をたてて垂直に落下する。

まるでここから先は、人が足を踏《ふ》み入れるところではないと言わんばかりの断崖《だんがい》。

悪魔《あくま》の城の異名を持つ、圧倒《あっとう》的な壁《かべ》——。

おおかみ雨は、そこを稲妻《いなずま》のような速度で駆け上っていく。

「待って……!!　雨!!」

花はよろけながら立ち上がった。だが足に激痛が走り、思わず膝《ひざ》をつく。目だけで追うしかない花は、それでも思わず手を伸《の》ばす。

おおかみ雨は、崖《がけ》を折り返すと、凄《すさ》まじい脚力《きやくりよく》で絶壁をぐんぐん登って行く。巨樹《きよじゆ》をすり抜け、大滝《おおたき》を飛び越える。瞬《まばた》きするあいだに、おおかみ雨を目で追えなくなった。

「……雨!!」

花は、なおも叫《さけ》んだ。

懸命《けんめい》に上方へ手を伸ばすが——。

漂《ただよ》う雲の遥《はる》か上方に聳《そび》え立《た》つ断崖に、手が届くはずもない。

それでも傷だらけの手を、いっぱいに伸ばす。

「雨……！」

張りつめた指先は、空をつかむばかりだった。

そして、

「……!!」
全身の力が抜け、うなだれた。
喪失《そうしつ》の痛みが、胸の奥の深いところを襲《おそ》った。
雨はついに、自分の手の届かないところまで行ってしまった。
もう雨は二度と、人の姿には戻らないだろう。
もう、雨になにもしてやれない。
なにも。
「雨…………雨…………」
嗚咽《おえつ》が漏《も》れた。
断崖は、ただ花を見下ろしているだけだった。
すると、その頂に——
雨狼《あめおおかみ》が姿を現した。
滝の始まりの岩場に立つと、空気を震《ふる》わせるような力強さで、天に向けて吠《ほ》えた。
ウウゥォォォオオオオオオオオオオオオオオオオオオオ!!!
「ハッ!!」
花は、弾《はじ》かれたように顔を上げた。

そのときだった。
雨狼の咆哮《ほうこう》が呼び込んだように、朝日が東方の山々から姿を現した。
オオオオオオオオオオオオオオオオオオオオオオオオオオオオオオ!!!
風に向かい、たくましく吠える雨狼を、鋭《するど》く照らした。
狼の毛が、陽《ひ》の光でキラキラと眩《まぶ》しく輝《かがや》く。
「…………」
その祝福されたような光景に、花は我を忘れて見とれた。
喪失の痛みがみるみる失《う》せていく。
かわりに不思議な力が全身に漲《みなぎ》っていく。
オオオオオオオオオオオオオオオオオオオオオオオオオオオオ!!!
涙が、溢《あふ》れ出した。
雨が生まれた頃からの思い出が、次々と蘇《よみがえ》った。
早春の雨音。
夜泣きした神社の境内《けいだい》。
うなだれて涙をこぼした葦原《あしはら》。
渓流《けいりゅう》のそばで冷たい体を必死で温めたあの初雪の日――。

決して忘れることができない愛《いと》おしい思い出。
どれだけ多くの喜びを、この子は自分にもたらしてくれただろう。
花は、思わず、小さく、
「元気で……」
と、つぶやいていた。
そして——、いっぱいの笑顔を向けた。
「しっかり生きて!!!」
力強い朝日が、すべてを照らした。
雄叫《おたけ》びの残響《ざんきょう》が遠ざかってゆく。
狼は、ゆっくりと花を見下ろした。
風。
花は、確かな笑顔で、狼を見つめた。
たくましく、立派な、大人の狼だった。
しかし瞳は、あの懐《なつ》かしい雨の瞳だった。
優《やさ》しい風がそよいで、全身の毛を黄金色に輝かせている。
花は、清々《すがすが》しい笑顔で、もういちどつぶやいた。

「………元気でいて……」

狼は、それを受け取ったかのように花を見ると、軽《かろ》やかに滝の始まりを飛び越え、断崖の頂上の、その先へと消えた。

あとには、駐車場にぽつんと佇《たたず》む、花の姿が残った。

アスファルトの上の水たまりが、明るい空を映している。

花は、狼が消えた場所をいつまでも見つめていた。

この朝のことは絶対に忘れない、と、思った。

洗いたてのブナの葉。

洗いたてのクモの巣。

洗いたての空。

なにもかもが太陽の光に輝いて、

まるで世界が、一夜にして生まれ変わったように、

花には、思えた。

それから、季節が巡《めぐ》って、また夏が来た。
立派な入道雲が、気持ちのいい青空に、力強く成長している。
花の家は、すっかり夏のしつらえを整えている。
庭には、色とりどりの花々が咲《さ》き乱《みだ》れている。
誰《だれ》もいない、開け放たれた玄関《げんかん》。
誰もいない、大広間。
誰もいない、台所。
冷蔵庫に目を転じると、マグネットで貼《は》られた写真や手紙がある。
その中に、中学の制服を着て新しい友達とふざける、雪のまぶしい笑顔《えがお》がある。
この年、中学校の寮《りょう》に入るため、雪は家を出た。
寮に入ることを勧《すす》めたのは、花だった。
ひとりで淋《さび》しくないの？　と雪が訊《き》くと、
淋しくない、と花は言った。
離《はな》れて暮らしていても、私はずっと、あなたたちのお母さんだから、と言った。
そしてこの12年間を振《ふ》り返《かえ》り、まるでおとぎ話のように一瞬《いっしゅん》だった、と笑った。

とても満足げに。

遥か遠くの峰《みね》を見るように――。

その笑顔が、雪には、とても嬉《うれ》しかった。


花はひとり、いまも山の家で静かに暮らしている。

勉強部屋に、片付けられた雪の机が、そのままにある。

その横に、あのときのままの雨の机が、いまもある。

いまでも、おおかみのぬいぐるみが座っている。

ときおり耳を澄《す》ますと、狼の遠吠《とおぼ》えが、遠くの山から風に乗って、かすかに聞こえることがある。

それで充分《じゅうぶん》だ。

と、花は微笑《ほほえ》む。


彼と出会ったのは、ちょうどこんな天気のいい、さわやかな夏の日だった。

おおかみおとこと恋《こい》に落ちたことを不思議に思わなかった当時の自分が、今になってとても不思議に思えた。

花は、あの美味《おい》しいやきとりをひとりで食べ、一本を彼の免許証《めんきょしょう》に添《そ》えた。

（了）

本作は二〇一二年六月、角川文庫より発売された『おおかみこどもの雨と雪』に挿絵と部分的なルビを追加し、文庫化したものです。

おおかみこどもの雨《あめ》と雪《ゆき》

著　細田《ほそだ》 守《まもる》

角川スニーカー文庫　17518

2012年8月1日　初版発行

発行者　井上伸一郎

発行所　株式会社角川書店
〒102-8078 東京都千代田区富士見2-13-3
電話・編集　03-3238-8694

発売元　株式会社角川グループパブリッシング
〒102-8177 東京都千代田区富士見2-13-3
電話・営業　03-3238-8521
http://www.kadokawa.co.jp

印刷所　株式会社暁印刷
製本所　株式会社ビルディング・ブックセンター

KADOKAWA SHOTEN, Printed in Japan　ISBN 978-4-04-100392-3　C0193

★ご意見、ご感想をお送りください★

〒102-8078 東京都千代田区富士見 2-13-3
角川書店　角川スニーカー文庫編集部気付
「細田 守」先生
「烏羽 雨」先生

角川文庫発刊に際して

角川源義

第二次世界大戦の敗北は、軍事力の敗北であった以上に、私たちの若い文化力の敗退であった。私たちの文化が戦争に対して如何に無力であり、単なるあだ花に過ぎなかったかを、私たちは身を以て体験し痛感した。西洋近代文化の摂取にとって、明治以後八十年の歳月は決して短かすぎたとは言えない。にもかかわらず、近代文化の伝統を確立し、自由な批判と柔軟な良識に富む文化層として自らを形成することに私たちは失敗して来た。そしてこれは、各層への文化の普及滲透を任務とする出版人の責任でもあった。

一九四五年以来、私たちは再び振出しに戻り、第一歩から踏み出すことを余儀なくされた。これは大きな不幸ではあるが、反面、これまでの混沌・未熟・歪曲の中にあった我が国の文化に秩序と確たる基礎を齎らすためには絶好の機会でもある。角川書店は、このような祖国の文化的危機にあたり、微力をも顧みず再建の礎石たるべき抱負と決意とをもって出発したが、ここに創立以来の念願を果すべく角川文庫を発刊する。これまで刊行されたあらゆる全集叢書文庫類の長所と短所とを検討し、古今東西の不朽の典籍を、良心的編集のもとに、廉価に、そして書架にふさわしい美本として、多くのひとびとに提供しようとする。しかし私たちは徒らに百科全書的な知識のジレッタントを作ることを目的とせず、あくまで祖国の文化に秩序と再建への道を示し、この文庫を角川書店の栄ある事業として、今後永久に継続発展せしめ、学芸と教養との殿堂として大成せんことを期したい。多くの読書子の愛情ある忠言と支持とによって、この希望と抱負とを完遂せしめられんことを願う。

一九四九年五月三日

日本中を感動させた名作アニメ
『サマーウォーズ』の
オリジナルストーリー
GW初日、佳主馬はOZで正体不明のデータを預かる【マキ】に出会う。なんの偶然か、マキの本体である真紀もネットカフェの隣席にいて、しかも怪しげな男たちに襲われていた。真紀を助け、二人で逃避行をする佳主馬だったが、事態はOZを揺るがす事件に発展していく——。
あの夏の直前、カズマは
OZ《もうひとつの戦争》の危機に出会っていた——
サマーウォーズ
SUMMER WARS
クライシス・オブ・OZ
土屋つかさ
角川スニーカー
文庫より
絶賛発売中
原作：細田守　イラスト：杉基イクラ　キャラクター原案：貞本義行
角川
スニーカー
文庫
©2009 SUMMERWARS FILM PARTNERS

サイハテの救世主
岩井恭平
イラスト：Bou
シリーズ100万部突破！
『ムシウタ』の
岩井恭平が描く
新エンタテインメント！
天才×楽園＝
世界の危機!?
自称・天才の沙藤葉が日本のサイハテの地で出会ったのは、世話好き美少女の陸をはじめとする賑やかな近所の人々。しぶしぶながら楽しい生活を送る葉だったが、未完成の論文"破壊者《デモリッシャー》"を巡る世界滅亡のシナリオが動き出し!?
シリーズ絶賛発売中！